一蓑烟雨

A Life Of Mists And Rains

梁 平 著
Liang Ping

四川文艺出版社

图书在版编目（CIP）数据

一蓑烟雨 / 梁平著. — 成都：四川文艺出版社，2023.12
ISBN 978-7-5411-6857-4

Ⅰ.①一… Ⅱ.①梁… Ⅲ.①诗集 - 中国 - 当代 Ⅳ.①I227

中国国家版本馆CIP数据核字（2023）第253933号

YISUOYANYU
一蓑烟雨
梁 平 著

出 品 人	谭清洁
责任编辑	周 轶
封面设计	李 容
内文设计	史小燕
责任校对	段 敏
责任印制	崔 娜

出版发行	四川文艺出版社（成都市锦江区三色路238号）
网　　址	www.scwys.com
电　　话	028-86361802（发行部）　028-86361781（编辑部）
排　　版	四川最近文化传播有限公司
印　　刷	成都东江印务有限公司
成品尺寸	142mm×210mm　　开　本　32开
印　　张	7.125　　　　　　　　字　数　143千
版　　次	2023年12月第一版　　印　次　2023年12月第一次印刷
书　　号	ISBN 978-7-5411-6857-4
定　　价	59.80元

版权所有，违者必究。如有印装质量问题，请与出版社联系调换。联系电话：028-86361796。

目录

水经新注：嘉陵江 / 001
嘉陵江 / 001
昭化 / 002
苍溪 / 003
阆中 / 004
南充 / 005
蓬安两河塘 / 006
陈寿 / 007
五月初五 / 009
英雄会 / 010
合川 / 011
卢作孚：水之娇子 / 012
水码头 / 013
金刚碑古镇 / 013
嘉陵索道 / 015
吊脚楼 / 016
重庆 / 017

019 / 草堂

020 / 与薛涛比邻

021 / 李清照

022 / 相如与文君

023 / 韦庄在成都

024 / 扬雄

025 / 李白别传

026 / 成都的雪

027 / 花岛渡

028 / 梁湾村

029 / 剪纸

030 / 龙泉驿

032 / 东安湖

033 / 洛带古镇

035 / 西江河与一只白鹭邂逅

036 / 三渔村神话

037 / 诸葛井

038 / 芙蓉洞

040 / 资阳

042 / 文笔峰密码

043 / 燕鲁公所

045 / 惜字宫

047 / 草的市

049 / 一条鱼今晚在我这里过夜

051 / 与一匹蒙古马为伴

长白山的白 / 052
雪在烧 / 054
大雪天谒萧红故居 / 056
露西亚 / 058
白马秘籍 / 060
在缙云山寻找一个词 / 062
缙云山听雨 / 064
鱼的舞蹈 / 065
海的箴言 / 067
惠安女 / 068
洛阳桥 / 070
说闽南话的白鹭 / 072
孝感巷里的刺桐 / 073
在茅台没有醉过不好意思 / 074
在西双版纳 / 076
沙溪古镇 / 077
石拱桥上二胡的插曲 / 079
东湖的三角梅 / 081
惠山泥人屋 / 083
一首迟到的诗 / 085
衡山遇大岳法师 / 086
南岳蝴蝶 / 087
朱仙镇的菊 / 088
养蜂人 / 090
槐抱柳 / 091

092 / 在绵山我看见了介子推
094 / 后土庙琉璃,绝句
095 / 江布拉克的错觉
097 / 柳侯祠荔子碑
099 / 岳阳楼补记
101 / 良渚遗址
103 / 独木舟
105 / 苏小小
106 / 柳如是
107 / 董小宛
108 / 南京,南京
110 / 我拿一整条江水敬你
111 / 屈子吟
113 / 我的粽子,始终是一首诗
115 / 最后的王宫
117 / 铜像之都
118 / 贝尔格莱德的痛
119 / 布达佩斯
120 / 与日本画家对话
121 / 铜雕以及千纸鹤
122 / 有一种感觉留在大阪
123 / 两点零五分的莫斯科
124 / 那是皮鞋咬着木板的声音
126 / 想在某个夜里突然失踪
127 / 我肉身里住着孙悟空

经常做重复的梦 / *129*

经历过 / *130*

低处 / *131*

线条 / *132*

幸运 / *133*

癸卯新年帖 / *134*

粮食问题 / *136*

旧时光 / *138*

铜锣湾与考古学家晚餐 / *140*

天鸽袭港 / *141*

天涯石只是远方的道具 / *142*

椰子水 / *144*

一片茶叶漂浮在河面 / *145*

等一只靴子落地 / *147*

眼睛里的水 / *148*

非常生日 / *150*

至痛时刻 / *151*

线上清明 / *153*

有一段海滩踩不出声音 / *154*

归期冷冻 / *155*

回家 / *156*

造的句 / *157*

已知 / *158*

五里坡 / *159*

卸卸了 / *160*

161 / 以后

162 / 碎纸

163 / 夜雨

164 / 野蔷薇

165 / 狂风大作

166 / 颜色

167 / 静养寂寞

168 / 雨后

169 / 残荷

170 / 化蝶

171 / 雨过的荷

172 / 梦境

173 / 反转

174 / 蒸发

175 / 秋老虎

176 / 意外

177 / 午睡

178 / 暴力

179 / 暗夜

180 / 就此别过

181 / 隔夜茶

182 / 书房里

184 / 书院西街

185 / 安居

186 / 满庭芳

忌惮用刀 / *187*

飞翔 / *188*

一指残，一种指向 / *190*

蜀道辞 / *192*

古蜀道 / *192*

褒斜道 / *193*

米仓道 / *194*

五丁与金牛 / *195*

剑门关 / *196*

明月峡栈道 / *198*

翠云廊 / *199*

皇泽寺 / *200*

七曲山大庙 / *202*

李白故里 / *203*

杜甫草堂 / *205*

荔枝道 / *206*

夔门 / *208*

旁白 / *209*

自言自语或者几个备注 / *211*

水经新注：嘉陵江

嘉陵江源出大散关西南嘉陵谷，"汉水又南入嘉陵道而为嘉陵水"（《水经注·漾水》）。

嘉陵江

水做的朝天门，长江一扇，
嘉陵一扇，嘉陵以一泻千里的草书，
最后的收笔插入长江腹中。

我第一声啼哭在水里，
草书的一滴墨，与水交融，
江北红土地上的红，脐血冲不掉。

向海，两岸猿声不能挽留，
深潜，南北朝《水经·漾水注》里，
找到乳名。

东源和西源争吵累了，
两河口两源合一。嘉陵江
与生俱来的包容和接纳，源远流长。

惊涛拍岸或者风花雪月，
陕、甘、川、渝长途奔袭，
拖泥带的水，与烟火人间相濡以沫，
是为记。

昭化

水从海拔三千米飞流直下，
在昭化，携白龙和清江，太极天成。
环四面的山，临三面的水，
阳极鱼眼处的三国古城，
一部长篇节选，一滴水里的太阳。
山水太极图上的呼吸，
折叠天人合一的洄澜。

水流沙坝上的客栈，
水的戏谑和沙的幽默像接头的暗号。
客栈一副绝对忍俊不禁——
上联"日过很多老陕"
下联"夜宿不少秦人"
鱼鹰也含混了四川话和陕西话，
水里的鱼把它当成了母语。

提一壶老酒,川陕方言烹煮的鱼,
绝对不会喉咙里卡刺。
一声秦腔,风从街头漫向街尾,
半折川剧,雨从街尾湿了街头。
嘉陵江涛声浸淫的小镇,
旧瓦上的故事都有很好的水性,
风里浪里,自由翻卷。

苍溪

嘉陵江进入苍溪悄无声息,
杜甫乘船送过的客人,优哉游哉,
陆游怀过的旧,绿了春夜把盏的河边小亭。
一段不事张扬的水面,
典藏唐诗宋词的温情。

流水的温文尔雅是一张脸,
暗流湍急埋伏很深,是另一张脸。
诗人从水上走过,云淡风轻,
无法想象平静水下的真面目。
说嚣张不过,1935年空前绝后的惊涛。

一支扛着红旗的军队,
十万支钢枪在水里划桨,一夜西渡,

二万五千里长卷写下传奇。
继续向西、风卷落叶,北上,
水里耀眼的红,在水上成为永远。

那年乱飞的子弹、密集的炮火,
沉入水底,"红军渡"的石头在岸边,
与水长相厮守。一只浅灰色的鸽子,
站在石头上眺望北的方向,
涛声不会依旧,草木集体静穆。

阆中

江水在阆中迂曲三面,
怎么看都是一条龙的盘旋。
左青龙、右白虎、前朱雀、后玄武,
风水鬼斧神工,古城的状元牌坊,
披挂水映日月的微光。

川北道贡院连廊通达,
与南京夫子庙互为仰望,顺治年间,
甲午、丁酉、庚子的科考,
4状元以及身后116名进士,
鱼贯而出,江上琅琅读书声向远。

文是阆中一脉，武是另一脉，
汉将军张飞舞弄丈八蛇矛，
石碑从水里打捞的伟岸，立马勒铭。
水润的古城，文武横贯街头巷尾，
一壶老酒醉了江枫渔火。

江边密密麻麻的小船，
摇曳悱恻，含蓄的粗野的情歌，
水上撩拨的都是心跳。一颗星星落下来，
回不去了，一个十八岁的腰身，
在水里游成一条美人鱼。

南充

这里有嘉陵江最好的身段，
妖娆、温润，一条丝绸三百公里，
随便裁剪一尺皆为极品。
夏周以远，丝绸织锦的富贵，
在《华阳国志》字里行间，
留下惊世的刻度。
历朝历代帝王将相，正宫、后宫，
奢侈的显摆。

水在南充的灵性滋养桑麻，

蚕的前世和来生，俯卧难解的谜。
从蚕卵到蚕蛾的周而复始，
幼虫、蚕蛹、羽化，飞不动的蚕蛾，
又回到卵的形态。枢机唱和，
绸、绫、绵、绢、丝，比流水汹涌，
采桑女养蚕女缫丝女绕指的柔，
在水上划出千年的漩涡。

旋转三百六十度。远古很远，
秦汉、晋隋、唐宋、元明清波涛起伏，
水的缠绵升腾为漫天的雾，
雾与雾的纠缠，幻化为迷离的丝绸。
兴衰都在西充县令的《蚕事备要》里了，
而唯一没有改变的千丝万缕，
织成记忆。一床蚕丝棉被
遗留的梦痕，隐秘。

蓬安两河塘

司马相如蓬安两河塘的水，
与文君酒，稀释了朝廷的尔虞我诈。
爱情真是疗伤的药，
私奔的去向和江水一样不能回头，
琴台流过的泪，音色干净。

嘉陵江上的悲欢离合，
一曲《凤求凰》就够了。乌纱被风吹落，
水上加持的诗词歌赋，
比官袍更接近身体的温度，
深入骨血。

卓文君成为嘉陵江两河塘
清贫之家的主妇。落魄的司马相如
粗茶淡饭里的卿卿我我，
花前月下的海誓山盟，
流水不能带走。

夜光杯在江上荡漾的波光，
一圈一圈被岁月留存。
相如故里洗墨池的水也是大江的截图，
凤凰的倒影，文字的珍珠，
在水上轰轰烈烈，日月为证。

陈 寿

江边万卷楼一部《三国志》，
文字和史料在水里过滤千遍，
陈寿把南充的名号抛光，水煮魏蜀吴

人杰与枭雄过招,刀光剑影。

那个在河边玩耍的光屁股男孩,
用一整条江水研墨,落笔的白纸黑字,
完整了一个战火时代的档案,
远古近在咫尺。

吴宇森从三国里移植的赤壁,
诸葛亮、曹操、刘备、孙权、周瑜,
以及小乔,一条大河波涛汹涌,
水漫奥斯卡。

水有记忆。走过红地毯的大师,
奖杯已经拿得手软,却不知道陈寿,
应该是第一编剧。记者的镜头,
尴尬了老吴,我有点心酸。

《三国志》六十五卷,陈寿进进出出,
大地沉浮、江水东流皇皇巨著,
只留下署名。老乡张澜朱德罗瑞卿,
记得每个章节,流水一咏三叹。

五月初五

流经武胜的嘉陵江,
117公里水路与清末民初的龙舟,
交欢,岸上和水里的呼啸,
至今还有回响。袍哥、掌旗大爷的脸面,
五月初五写在水上。

龙舟三月集结,龙头上的旗,
五颜六色开始招展,桅杆挑起的名号,
行会、商家、外来之客,
无论大小和辈分,龙旗就是出场券,
静水深埋蠢蠢欲动。

龙旗的管事是个角色,夜不能寐,
恨不能自己站成桅杆,与旗
共存亡。一只鸥鸟飞过,
遗落的水滴也要盘查,
旗在尊严在。

那些丢了龙旗的龙舟就是摆设,
五月初五,气球、鸭子,
人声鼎沸里的彩头,无缘了。
流水不问结局,向远,远到眼前的江面,
暗流还在,年复一年。

英雄会

英雄不问出处,英雄的情结,
与生俱来,宝箴塞森严的壁垒挤压,
或者南宋蒙哥军帐外的威风,
注入武胜的都是血性。
水从这里流过一千种姿势,
攻守与成败,都有自己的结局,
不能偷偷摸摸,
否则就胜之不武。
多年以后,英雄无须下帖,
威乎乎走上餐桌,英是英,雄是雄。
英雄忽略名号,会的含蓄,
浅尝,大饮,三杯两盏以后,
冷兵器时代的渣渣鱼,
游进热兵器时代的三巴汤,
汤里的海市蜃楼有了虎豹和鸾凤。
仅仅就是一道菜,浮想联翩,
那些旧年的太监和嬷嬷,
心跳过速,绝不敢登堂入室。

合川

渠江、涪江投奔嘉陵而来,
三江汇合处,峭壁上的钓鱼城,
没有闲情逸致执钓,城墙上猎猎的旗,
与南宋的血雨,坚硬了这里的水。

13世纪罗马教皇没见过这样的水,
惊呼"上帝的罚罪之鞭",这一鞭,
大汗蒙哥应声倒下,横跨欧亚的蒙古铁骑,
戛然而止,世界改变了模样。

水上打鱼的船,岸边钓鱼的人,
都见过世面,敢说先人的血就是一整条江,
敢说大世界不过几块石头,
没有水咬不烂的石头。

水在合川就是图腾,理解和不理解的,
一生一世过来了,一代一代,
顶礼膜拜。水里繁殖的血性上了岸,
随便一声吆喝,两岸落木纷纷。

卢作孚：水之娇子

芭蕉院的芭蕉怎么没有了，
谁也不知道。青瓦屋檐上滴答的絮语，
也是嘉陵江升腾的雾的回落。

卢作孚为水而生。一只不起眼的小轮船，
一百艘江海船队拉的风，
一统了川江。

中国船王原来是街上的穷孩子，
一个追随孙中山闹过革命的热血青年，
死牢和刑场躲过一劫。

数学公式编制实业救国的航线，
以生命在水上写下两个字——民生，
江水托举的吨位高过惊涛骇浪。

水运史传奇收进中国革命词典，
战时兵工转移、人员转移、机要转移，
一串冰凉的数字穿过枪林弹雨——

16艘船舶炸沉炸毁，69艘伤损，
117名船员牺牲，76名致残……
一个民族资本家的家当，殒于水。

大义从水上冉冉升起,"民生号"的汽笛,
经久不息,浩荡了所有的水,
远水迷离,还是那么刻骨。

水码头

一张老照片被水洗了又洗,
所有的颜色洗白,真相难以割舍。
趸船、木船列阵,河床窄了,
渔舟在夹缝里唱晚。客栈悬挂的灯笼,
通宵值更,酒家里的划拳声,
从石板镶嵌的路拾级而上,
塞满三十三条街道、一百零一条小巷,
码头的动静,是最好的催眠。
如果有幸,遇上一支小曲掉进水里,
捞个天荒地老,一生就过了。

金刚碑古镇

一块巨石,缙云山的巨石,
一头扎进嘉陵江深水区,生长成碑,
有人在石上题刻了"金刚",

谁也没有见过。

金刚碑名声大噪，石头掠了美。
岸上那个叫金刚碑的古镇不计较名分，
草木葳蕤，不如烟巷的青瓦，
苔藓上有岁月的水文。

康熙年间行脚的船帮、马帮、人力帮，
在米行、油行、酒家、客栈里
听他们听不懂的巴山夜雨，
一壶酒可以称兄道弟。

没人惦记那块似是而非的碑，
北碚在上游五公里云集乱世精英，
顺水而下，疑似银河落地了，
小小村落，李商隐只能抱恨错过。

翦伯赞在土墙木楼的寓所，
把《中国史纲》白纸黑字写成大河。
梁漱溟竹木夹壁搭建的勉仁书院，
后学趋之若鹜。

老舍《四世同堂》走过的石板路，
石板与石板拼接京腔，没有走调。
梁实秋《雅舍小品》取嘉陵水泡的茶，

茶针浮动的雅,清新脱俗。

古镇一直没有更名,似乎有了答案,
金刚碑在水里或者岸上,
不重要。谁题写的"金刚"也不重要,
书生的金刚之身,镇镇之宝。

嘉陵索道

嘉陵江的长篇情景剧,
纤夫和船工的号子已经非遗了,
博物馆的旧照片放大在舞台上作幕墙,
流水的音效依然惊心动魄。

横跨江上的索道是重庆原创,
世界的唯一,凌空滑翔的飞行器,
连接两岸的冒险和刺激,被一根钢缆,
轻描淡写。

还是车厢模样,离开地面的公共交通,
把自己抛在半空、一飘就是对岸。
水上以这样魔幻的方式出行,
手心出汗,有点上瘾。

嘉陵江上的大桥一座接一座,
而嘉陵索道只有一条,来回穿梭。
穿梭的时光隧道,闭上眼可以大开眼界,
脚下匍匐的江水,含情脉脉。

吊脚楼

沧白路那门死盯着江面的大炮,
与洪崖洞半坡的吊脚楼,
风格不搭。

吊脚楼随坡就势悬挂在岸边,
高低错落,层层出挑,吊脚的形态,
越来越年轻。

流水一样的线条勾勒轮廓,
让人想入非非,形无定式的开间,
躺平也有澎湃。

三五只岩燕在屋檐的角落筑巢,
从不打扰南来北往的悄悄话。
吊脚楼吊的胃口

都是麻辣烫。天下火锅里的水,

取嘉陵江一瓢，才算正宗、霸道，
吊脚楼下翻江倒海。

吊脚楼与吊脚楼逼仄的过道，
走散过很多积怨，所有怀揣梗阻而来，
江水化瘀，云淡、风轻。

重庆

嘉陵江断句在重庆，
十七道城门八闭九开，收放自如。
东水门望龙门翠微门太平门人和门储奇门，
金紫门凤凰门南纪门通远门金汤门定远门，
临江门洪崖门西水门千厮门，
与恭迎天子的朝天门，
抬举了一座城。

巴曼子将军一诺千金的头颅，
高昂在舒缓的水上，每声汽笛都是致敬。
邹容路革命军中马前卒剪了长辫，
齐耳短发成为最美造型。
较场口刺骨的风从水上吹来，
"四君子"刺刀下的呐喊，
凤凰涅槃，风起云涌。

陪都的曾家岩、红岩村不眠的灯光，
就是航标，天上的星星掉下来，
在水里汇成浩瀚的银河。
心心咖啡店、沙利文的接头暗号，
在狼狗和大皮靴的缝隙交换。
被江水包围的大后方，
在水之上。

没有天子，人民托举的解放碑，
依然是上清寺和密集高楼群的仰望。
水路不改，岸上的纵横交错，
记住上下左右比东西南北可靠。
水锋利了重庆女孩的刀子嘴，
刀子不伤人，有点痒，
痒得舒舒服服。

一座水滋养的城市，天生的干燥，
正在消解，江北江南的倒影，
写在水面的魔幻现实主义，
重庆的大片巨献。马尔克斯如果复活，
如果走一趟嘉陵江，孤独的百年，
因为流水而一减再减，
不说再见。

草堂

素描的草堂,西门东门,
进出自如,浣花溪流水分行的诗、
都是茅屋的原唱。

老杜千诗碑林竖起的屏风,
屏蔽轻薄,屏蔽一年一度的秋风,
神或者圣,不能破。

五百亩浣花公园划归杜甫了,
成都给足了诗歌的面子。

茅屋听风的计人,想不到千年以后,
自己前庭后院散落的短句长歌,
草木、飞鸟以及大鱼小虾

都能倒背如流。林荫幕后里的蝉,
高一声低一声带出的节奏,
修订了古音的平上去入。

与薛涛比邻

才女第一。晚唐妙手制作的薛涛笺,
鸳鸯戏水、别离溅泪、孤灯在纸上书写行草。
府南河涨水、退水,掩面的修竹,
不肯望江。

与薛涛比邻,读过枝头乱花与舞蝶,
元稹掉进的那口深井,还是波澜壮阔。
绝世香艳不二。

孑然"迎南北鸟,送往来风",可惜了,
年少信口一句,成谶。

李清照

凄凄惨惨戚戚在乍暖还寒里将息，
喝过多少酒就流过多少泪。雁飞过，
一夜金华，帘卷江山，三千里南国三杯两盏，
八咏楼留一杯给后人，也是愁。

女儿身包裹哀怨。梧桐、细雨、黄花堆积，
"气压江城十四州"一句顶一万句，
大丈夫李清照，羞煞须眉。

相如与文君

酒幌当垆在临邛相当招风，
文景之治落魄的司马躲在幌子后面，
嘬食卓姓富家女的汤汤痴情。
酒醉、酒醒后的信誓旦旦，随风走远，
远到了无音讯。
春夏秋冬的水都望穿了，
等来一二三四五六七八九十百千万，
漏的最后一个字，被文君缝补，
怎么都是补过的疤。

《凤求凰》琴弦里的私奔，一坛文君酒开封，
挥发至今，没有了原来的浓香。

韦庄在成都

浣花溪的晚唐和前蜀,
在一只秋蝉的号角里,落叶纷纷,
韦庄前脚与后脚沾满的泥土,比印泥鲜艳。
秦妇的感旧伤时,让说客身份反转,
宰相寻见的草堂芜没已久,欲哭,
在杜工部曾经的栖身地,
重结茅草为一庐。

杜甫采诗而去,茅屋被秋风破了又破,
韦庄在浣花溪花间走笔,一个金句,
留给了草堂。

扬雄

青龙街上的结巴少年，
喜欢在屋檐下听流畅的风。
风的起势、风的汹涌、风的回旋烂熟于心，
想说又说不出来的话，被风拦截，
索性就不说。子云亭洗的砚、洗的墨，
让文字呼呼生风。

迷恋司马相如，不是成都的花事，
而是文字竖起的屏风。好个扬雄，
"每作赋，常拟之以为式"，
子虚也罢，上林也罢，学而时习之。
一代文豪的成就路径，前后左右的影子，
或明或暗，相伴而行。

乱世。西蜀行走的风结结巴巴，
书生还是书生，官至大夫，
辞赋里的讽劝写不成折子，即使写成，
也不过一张废纸。哲学、语言学，
官服里所有的学问，从阁楼一跃而下，
此刻的风，已经暂停。

李白别传

仙临锦城的次数屈指可数,
逗留也是优哉游哉,青莲街客栈里,
清油灯下找不到一枝莲,三杯两盏淡酒,
惊叹"九天开出一成都"。
这只能是天眼所见,而且忘了自己,
奔驷马桥而来,琴台去了,扬雄的老宅去了,
举荐的音讯却无,锦江水冷,
散花楼散的花付之东流。
心高未免气傲,狂士不觉地厚天高,
留一首《上李邕》落地生别恨,
也算是拂袖而去,背向渝州,
再也没有回头。

成都的雪

比如鹅毛,成都不可能。
成都的雪,说小雪都有点害羞,
从天而降的星星点点,
没等落地就失踪了,满满的欢欣,
荡漾一座城。
奢侈更多时候不是过分享受,
而是求之不得,而得。
白茫茫北方堆积的雪人繁殖近亲,
太相像了。而成都的雪,
每粒打在脸上都是原创的花朵,
所以心花怒放,
满城都是豪华的抒情。

花岛渡

三岔湖上的花岛,
名气比其他岛大了许多。
岛上的花没有大牌,擦肩接踵,
与湖畔的农家院落沾亲带故。
花不在名贵,在于赏花的心境,
油腻、烟熏以及拖泥带水的不配。
花瓣在水面行走二白米上岸,
再回到岛上,就有了东西南北的方言。
闻香识岛,岛上一次深睡眠,
醒来就是陶渊明。
没有桥的花岛花香摆渡,
水上浸润的来回,拈花或者惹草,
如若三生修来的艳福。
成都以东,城市之眼含情脉脉,
款款秋波八万里荡漾,
每一款验明正身,都是花岛渡。

梁湾村

我的姓氏从西江河上岸,
绣水做外套,披挂在梁湾村身上,
温婉、窈窕、水灵,无与伦比。
我确信梁的族人在这里有过久远的烟火,
有过野钓,与林家、刘家,以及
赵钱孙李亲近一方水土,过往甚密。
比邻湿地的芦苇,杏花、樱花的花落花开,
纷纷扬扬都是记忆。
梁湾村湾里最美乡村的梦,
被水润,所有外来的客家都是主人,
林盘院落里梦的章节可圈可点。
青白江毗河以南,流水依依不舍,
落款:成都乡村别院。

剪纸

未曾谋面的祖籍,
被一把剪刀从名词剪成年代,
剪成很久以前的村庄。
我的年轻、年迈的祖母,
以及她们的祖母、祖母的祖母,
游刃有余,
习惯了刀剪在纸上的说话,
那些故事的片段与细节,
那些哀乐与喜怒,
那些隐秘。

村头流过的河,
在手指间绕了千百转,
流到一张鲜红的纸上。
手指已经粗糙、失去了光泽,
纸上还藏着少女的羞涩,
开出一朵粉嫩的桃花。
这一刀有些紧张,
花瓣落了一地,
过路的春天拾起来泼洒,
我看见了我的祖母。

龙泉驿

那匹快马是一道闪电,
驿站灯火透彻,与日月同辉。
汉砖上的蹄印复制在唐的青石板路,
把一阕宋词踩踏成元曲,
散落在大明危乎的蜀道上。
龙泉与奉节那时的八百里,
只一个节拍,逗留官府与军机的节奏,
急促与舒缓、平铺与直叙。
清的末,驿路归隐山野,
马蹄声碎,远了,
桃花朵朵开成封面。

历经七朝千年的龙泉驿站,
吃皇粮的驿夫驿丁,
一生只走一条路,不得有闪失。
留守的足不能出户,
查验过往的官府勘合、军机火牌,
以轻重缓急置换坐骑,
再把留下的马瘦毛长的家伙,
喂得结结实实、精神抖擞。

至于哪个县令升任州官,
哪个城池被哪个拿下,
充耳不闻。

灵泉山上的灵泉,
一捧就洗净了杂念。当差就当差,
走卒就走卒,没有非分之想。
清粥小菜果腹,夜伴一火如豆,
即使没有勘合、火牌,
百姓过往家书、商贾的物流,
也丝丝入扣。
灵泉就是一脉山泉,
驿站一千年的气节与名声,
清洌荡涤污浊,显了灵,
还真是水不在深。

有龙则灵。灵泉在元明古人那里,
已经改叫龙泉,龙的抬头摆尾,
在这里风调雨顺。
桃花泛滥,房前屋后风情万种,
每一张脸上都可以挂红。
后来诗歌长满了枝丫,
我这一首掉下来,零落成泥,
回到那朵逝去的驿骆。

东安湖

水的触须在龙泉山四面埋伏,
水润的阳光比丝绸柔软,鸟的鸣叫
滴落的露,顺山而下。

东安湖是有背景的湖。
就像所有江湖不是无中生有,
龙泉山脉,是东安湖血缘认证的前世。

一滴露水的湖摇曳春夏秋冬,
比其他的湖有更多的秘密,
远古长调与咫尺涟漪,桃花遮面。

水面浮出奔跑的各种肤色和语种,
满世界青春正在集合。东安阁楼上的风,
按捺不住湖水的激动。

东安湖与五洲四海平行了水文线,
一次重合就是永远。客家土楼,
湖水泡酽的茶,荡漾连绵的波澜。

洛带古镇

洛带是蜀太子遗落的玉带说说而已,
唐人感遇的神仙,宋人祈雨,
留下文字验明了身世。

洛带那个时候走出来的样子,
风轻日丽,烟火世相折叠一千多年,
依然年轻、温婉而明媚。

从湖广迁徙过来的客家人,
最早也有三百岁了,定居、繁衍,
燃灯寺烛火照耀,子嗣欣荣。

外来客居的汉人成了这里土著,
家谱追溯的远与落地生的根,
在青石板路面,对接时光的穿越。

街头街尾一脉龙泉洗刷尘封,
土楼里的客家话穿街走巷,
食朝、食昼、食夜,活色生香。

古镇古得有滋有味，
长桌宴、九斗碗，桃花美酒只一壶，
远来客都是洛带的主，长袖左右。

西江河与一只白鹭邂逅

距离一米,它没有飞走的意思,
我蹲守原地,流水声穿过岸边的水草,
呼吸同频就是这个样子。

见过的白鹭多了,西江河的那只,
和我的关系比血亲还近,昨夜梦里的它,
给我说龙泉山的泉,都江堰的水。

与水为邻,白鹭耀眼的白从水里来,
与它对视也是一种水疗,清清,净净,
阴翳和块垒不再残留。

西江河喂养的小镇有水的妩媚,
一只水鸟,一河水,一种小清新,而已。
姚渡的神龙首尾都藏了起来,那只白鹭和我,
谁也不想离去。

三渔村神话

能够看见鱼和鱼接吻,
能够看见三条鱼亲密无间的接吻,
把这个奇观斧凿在石头上,
从汉代延绵至今的水的秘密,
鱼,成为水之典。

鱼的记忆很短,接吻的时间如此漫长。
健忘体质在非人类莫过于鱼,
忘记该忘记的,以瞬间的幸福,
换千年煎熬。

接吻的三条鱼,它们谁是谁的情敌,
看不出蛛丝马迹。七秒之前,
有没有顺理成章,
石头上的记载已经模糊。

让它们和睦吧。身边流水没有声音,
水草的摇曳没有声音,石头桥上,
匆匆走过的岁月也没有声音,
如果你来,请保持安静。

诸葛井

坐井观的天有多大,天不语,
风从弥牟镇走过,尘土漫卷的八阵图案,
与奉节白帝城水的八阵,
互为印证。

井底波澜很弱,天上的云勾连的三国,
投影在水里的面目确凿,一个人,
拿捏的鹅毛扇,羽毛很轻。

老井不完整的井沿,像豁缺的牙齿,
岁月的慢留住的冷兵器时代,
烽烟滚滚,一口井,一片自由的天。

没有任何一口井规矩一颗心。
步兵、弩兵、车兵、骑兵浩荡合成,
不在乎在纸上,在井里。

遗址遗留的痕迹不能说话了,
古道、古巷、古校场,八阵赋只读半截,
在井边独坐,知道那人胜券在握。

芙蓉洞

一个字在洞口开花，
芙蓉肥硕的唇，磨瘦了时光。
洞穴里的深睡眠，石头、水、乳皆活，
浑为天然。

一千零一种迷人的体态，
一百零八种销魂的姿势。
呼吸越来越急促，那生命之源
竟是自己半路留下的根。

滴水的声音也是汹涌，
呼啸成江海。英雄座次后宫粉黛
有了出处，灯光渲染的帐幔言情，
幽怨凄冷都是解说的词。

一块没有命名的石头正襟危坐，
在那里默诵：为老要尊……

芙蓉在洞口怒放，
不能抑制的生猛与肆意，

一泻两千七百米。每一米丰腴,
都在激活一个字,那个字

简洁象形,不生僻。
所有坚硬生成平滑的肌肤,
有了性情、血脉和姓名,喀斯特
在武隆,他是芙蓉的儿子。

资阳

最后一滴血硅化成玉,
雁江忠义镇高岩山上的石头,
有了盖世的名分。

沱江埋伏战国礼乐,苌弘的音律,
惊动齐鲁圣贤,孔子拜师拉长的镜头,
定格资阳的封面。

北宋那尊卧佛一直睁着眼睛,
从身边走过不敢喧哗,退后百米,
默读岁月沧桑。

三万五千岁的"资阳人"以为躺平了,
看流行的裙裾,摩登的高跟鞋,
跃跃欲试。

年迈的先人真想翻身起来,
时尚一回。最早古人类唯一的女性,
已经怀疑自己封存的颜值。

资阳车水马龙的一个缝隙,
现代刻度一天一个样子,稍有不慎,
找不到自己。

文笔峰密码

一只没有祖籍的鸟,锋利的羽毛,
划破水成岩石褶皱里的睡眠。

文笔峰在天地之间举一支巨椽,
披挂唐宋元明囤积的风水,
比身边的海更浩荡。

皇家禁苑的清净,
匹配白玉蟾仙风道骨的虚空,
王子脚印垫高的海拔,将军立马横刀。

峰顶无形无象,太极辽阔了沧海桑田。
天的边际,一朵云飘然而至,
有麻姑的仙姿。

而这些文墨只是印记,
那只子虚乌有的鸟,那只得道的鸟,
留一阕如梦令在海南。

道场深不可测,沉香弥漫,
笔尖上一次深呼吸,云淡风轻。

燕鲁公所

古代的河北与山东，
那些飘飞马褂长辫的朝野，
行走至成都，落脚，
在这三进式样的老院子。
门庭谦虚谨慎，青砖和木椽之间，
嵌入商贾与官差的马蹄声，连绵、悠远，
一张经久不衰的老唱片，
回放在百米长的小街，
红了百年。

朝廷青睐这个会馆，
没有记载。两省有脸面的人，
来这里就是回家，就是
现在像蘑菇一样生长的地方办事处，
在不是自己的地盘上买个地盘，
行走方便，买卖方便。
后来成都乡试的考官，
那些皇帝派下来的钦差也不去衙门，
在这里，不抛头露面。

砖的棱、钩心斗角的屋檐，
挑破了盆地里的雾。时间久了，
京城下巡三品以上的官靴，
都会踩这里的三道门槛。
燕鲁会馆变成了公所，
司职于接风、饯行、联络情感，
低调、含蓄、遮人耳目。
至于燕鲁没戴几片花翎的人，
来了，也只能流离失所。

燕鲁公所除了留下名字，
什么都没有了，青灰色的砖和雕窗，
片甲不留。曾经隐秘的光鲜，
被地铁和地铁上八车道的霓虹，
挤进一条昏暗的小巷。
都市流行的喧嚣在这里拐了个弯，
面目全非的三间老屋里，
我在。在这里看书、写诗，
安静得可以独自澎湃。

惜字宫

造字的仓颉太久远了,
远到史以前,他发明文字,
几千枚汉字给自己留了两个字的姓名。
这两个字,从结绳到符号、画图、
最后到横竖撇捺的装卸,
我们知道了远古、上古,
知道了黄帝、尧舜禹,
知道了实实在在的
中华五千年。

惜字宫供奉仓颉,
这条街上,惜字如金。
写字的纸也不能丢,
在香炉上焚化成扶摇青烟,
送回五千年前的部落。
汉字一样星星点点散落的部落,
那个教先民识字的仓颉,
可以辨别真伪、验校规矩。
现在已经没有这些讲究,
这条街的前后左右,烟熏火燎,

只有小贩的叫卖声了。

那天仓颉回到这条街上，
说他造字的时候，
给马给驴都造了四条腿，尽管，
后来简化，简化了也明白。
而牛字只造了一条腿，
那是他一时疏忽。
我告诉他也不重要了，
牛有牛的气节，一条腿也能立地，
而现在的人即使两条腿，
却不能站直。

草的市

我就是你的爷。
那一根压死骆驼的草的遗言,
在旧时草垛之上成为经典,
草就成了正经八百的市。
过往的骡马,
在堆垛前蹬打几下蹄子,
草就是银子、布匹、肥皂和洋火,
留在了这条街上。
然后一骑浩荡,
能够再走三百里。

草市街只有草,
是不是压死过骆驼并不重要,
草本身与交易无关,
都是人的所为。
至于拈花的偏要惹草,
草很委屈,即使有例外,
也不能算草率。
驴与马可以杂交,
草不可以,

草的根长出的还是草。

在根的血统上，
忠贞不贰。灯红酒绿里，
草扎成绳索，勒欲望，
勒自己的非分。草的上流，
草的底层，似是而非，
在不温不火的成都，
一首诗，熬尽了黑天与白夜。
草市街楼房长得很快，
水泥长成森林，草已稀缺，
再也找不到一根，
可以救命。

一条鱼今晚在我这里过夜

江湖面带愧色,
一条鱼今晚在我这里过夜。
可以肯定走的不是水路,水已遁形,
如同我的命。

江水见底了。大自然非典型的典型,
我写过的江水人间蒸发,莫非
真是我文字惹的祸?

屈平先生在下游问天,多年以后,
还在问,没有问就没有波涛,
鱼翔的浅底很美,很虚拟。

孙女还没出世就有高人指点,
命里缺水。我现在明白这是隔代遗传,
于是养点花草,图个吉利。

云淡风轻好难。鱼上岸,
也是奋不顾身。河床龟裂,石头裸露,
绝非七秒健忘的记忆。

一条鱼来我这里过夜，
无论是走投无路，还是邂逅，
为了这一夜，我知道我会继续悲壮，
用完身体里所有的水。

与一匹蒙古马为伴

草原上的孤烟,
从黄昏后背升起,篝火矍铄,
最早的英雄都有野生的习性。
马蹄生的风被我揽在怀里,
落日挂嘴边,拉长正在叙事的呼麦,
身边野草轰然倒下,我站起来,
与一匹蒙古马数天上的星星,
一颗比一颗干净。
远离荣耀不是容易的事,
历史的卷宗封存,马的旋风,
横扫过欧亚的岁月,写进家谱,
光荣榜有没有姓名并不重要。
赤峰、科尔沁、呼伦贝尔,
草的苍茫里隐姓埋名,
我走过的路和马蹄留下的痕迹,
没有关联,唯有野生让我心生欢喜。
那匹蒙古马已经上了年纪,
眼里有一滴泪落不下来,
轻轻抚摸它的鬃毛,风卷了边,
时间就地卧倒。

长白山的白

我之前,康熙、乾隆和嘉庆,
在长白山褶皱里走过御笔,
文字卷起飞雪,比玉玺的鲜红耀眼,
峰峦拔节,雨燕束腰。

长白山的白,
留给我的辽阔,与我的深入浅出,
如此匹配。远古火山口最初的临盆,
脐带上的血也是白色。

黑风口垂帘的瀑布,
天池游弋的云朵,纯净的白,
容不下虚情假意。

很多人想把脚印留在山上,
比如蝼蚁,一阵风过无踪无影。
沿北坡攀缘,岳桦林带的集体匍匐,
把对雪的膜拜书写成经典。

所有趾高气扬在这里,

没有立足之地,所有轻浮和潦草,
所有廉价的颂辞一文不值。

长白山的白,留得明明白白,
即使季节改变颜色,
那白在心底,根深蒂固。

雪在烧

雪在烧。哈尔滨的近邻与远亲，
中央大街的接头暗号，一碰一团火苗，
土豆烤熟了。

马迭尔宾馆的楼道空空荡荡，
没有发现可疑的人，我的灯芯绒单裤，
封存了零下二十度的密件。

阳台上望远镜派不上用场，燃烧的雪，
已经甄别了身份，融化的南腔北调，
比同志更可靠。

尔滨不再打哈哈，铁锅炖大鹅，
坑烤的烈酒，雾化了窗外的鹅毛大雪，
前胸与后背季节含混。

夜幕下的哈尔滨，雪糕、冰激凌，
与鲜红的冰糖葫芦滴落言情，
大花棉袄擦肩而过，撩起的风滚烫。

冰雪拿捏的花花世界，美丽不冻人，
太多过期的赞美词起死回生，
久违了。

哈尔滨火了。城市编制的新密码，
在太阳岛雪博会入口处，直走向右，
八百米最不起眼的雪雕下。

有一首诗以摩尔斯节奏抵达，
密钥截句在最后一行，有人高声朗诵，
我的家在松花江上。

大雪天谒萧红故居

新鲜的雪埋伏旧年的足迹,
呼兰河流水的传记,三百处哽咽,
在大泥坑划分段落和章节,
院子和院子外面很冷。

没有树叶的枝丫站不住雪,
厚厚的雪掩盖了小团圆媳妇大黑辫,
和王大姑娘清冷的夜,另一个女人,
为她们流泪。

最后一滴泪,
终止在生命的三十一个年头。
东北、西南、上海、香港的夏春秋,
都在院子里,被冬天冷冻。

这个季节鄙视花花草草,
只有让灵魂出窍的文字才能匹配。
大雪里冷酷和温暖泾渭分明,
趴在门楣上那只猫,应该也有笔名。

天空整片的蓝，蓝得没有瑕疵，
其实有一点瑕疵更生动、也更真实。
我在院子前后左右走了一遭，
落脚很轻，害怕雪地里叫一声疼。

露西亚

米沙胡的混血,习惯了伏特加和哈啤,
俄式红肠就一碟腌黄瓜。

露西亚是不是他的曾祖奶奶,
不方便打听。西餐厅大墙上的油画,
那个典雅的俄罗斯美女,一直在读的书,
确定与中国有关。

老板米沙还是不善言谈,
写小说的米沙,玩摩托的米沙,
店门口摆放《草堂》诗刊,夜深人静,
与诗歌说话。

哈尔滨闹市里的露西亚,
手风琴演奏的风雪,从西伯利亚
呼啸而至,在圣索菲亚教堂的尖顶上,
滑落,满大街霓虹斑斓了。

烈酒度数有点高,瘦长的玻璃酒瓶,
开始摇晃,米沙继续拍打黑白键,

脸上灰颜色的胡茬更加凌乱，
偶尔一笑，眼睛就没了。

斯大林西头道街露西亚打烊的时候，
一定是留置了不该走漏的风声。

白马秘籍

一只白色公鸡站在屋顶，高过所有的山。
尾羽飘落，斜插在荷叶样的帽檐上，
卸不下身份的重。

白马藏，与藏羌把酒，与汉手足，
在远山远水的平武，承袭上古氐的血脉，
称自己为贝。

王朗山下的篝火、踢踏的曹盖，
在巨大的铜壶里煮沸。

大脚裤旋风扫过荞麦地，
一个来回就有了章节。黑色绑腿
与飞禽走兽拜把子，一坛咂酒撂倒了刀枪。

白马寨绷紧一面鼓，
白马人的声带，一根细长的弦，
鼓弦的白马组合，一嗓子喊成音阶上的天籁。

流走的云，都是自由出入的路，

吊脚楼、土墙板房里的鼾声，
来自地北天南。

早起的白马姑娘，
回眸一颦一笑，疑似混血的惊艳，
月光落荒而逃。

世外的遥远在咫尺，白马没了踪影，
一个族群悄无声息地澎湃。

在缙云山寻找一个词

缙云山不在三山五岳排位上,
从来不觊觎那些与己无关的名分。
身段与姿色与生俱来,一次不经意的邂逅,
可以成为永远。

很多走马的词堆积在山上,
被风吹散,比落叶还轻,不能生根。
我不敢形容,不敢修辞,
不敢牵强附会,自以为是。

缙云山不说话的石头饱读诗书,
拒绝抬举、拒绝粉饰、拒绝指指点点。
缙云的红,让人的想象无处留白,
七彩逊色,所有的词不能达意。

一只鸟在陶乐民俗的木栏上瞌睡,
它的稳重让我惊叹不已。
我深信那是我见过的鸟,那年,
它醒着,四周安静得听见露珠的呼吸。

缙云山端坐如处子，还是那么年轻，
而我，和周边的人已经老态龙钟，
我感到羞耻。害怕那只鸟看见，
叽叽喳喳里有我。

缙云山满腹经纶，我寻找一个词，
搜肠刮肚之后，才知道任何词都不匹配。
只有名字没有亵渎，纯粹、干净，
于是我重复呢喃：缙云山、缙云山。

缙云山听雨

山的胃口很大,
很轻松地吞吐太阳和月亮。
我从来不敢贸然进山,经不起这样折腾。
缙云山的诱惑,是人都无法抵挡,
山下找个角落,在没有太阳和月亮的时候,
听雨。

缙云山的雨长出很多绒毛,
绒毛与绒毛之间透出的光影很暧昧,
那是夜的霓虹、夜的魅,与日光和月光无关。
此刻,我愿意在心里呢喃山的乳名——
巴山。然后,巴山的夜,雨。

李商隐已经作古。
巴山夜雨演绎上千年别情、隐情,
有一滴留给自己够了,不枉然一生。
在缙云山听雨,灵魂可以出窍,
顺雨而下,嘉陵、长江,直到漂洋过海,
我就在北碚,等你。

鱼的舞蹈

裸露的海岸惊恐万状,
鱼在最后的舞蹈中失去优雅,
所有张开的嘴唇,
终于不能闭合。
从腮边滑落的泪发出呼啸,
上演好莱坞的大片,
倒海,翻江,印度洋搅动黑色泥浆,
覆盖了银色的鳞片。
回不到海里,搁浅的鱼,
把自己从未裸露的身体,
拿出来翻晒。

鱼的家族排不出演员名单,
不像人在这场演出以后,
有花圈、火烛谢幕,
有同族的泪,缅怀冰凉的记忆。
这是一场突如其来的演出,
正在恋爱的鱼,
活生生被分成东西。
正在产卵的鱼,

海藻里留下隔世的惊悸。
站立的鱼站成一个日子的标本,
散步的鱼蒸发了,空气刺鼻。

只知道海是鱼的舞台,
卷入海里的人不会跳鱼的舞蹈。
而鱼被遗弃在岸上,如涨潮,
再也没有自由的呼吸。
被抛向空中,一场鱼的暴雨,
倾盆而下,让陆地生疼。
这是从来没有见过的集体舞蹈,
鱼离开海的身体不再是鱼,
海离开鱼的身体还是海,
鱼身体里的海,呼啸永久的恐惧。

海的箴言

海上、海边和海岸没有界限，
惠东半岛的老人笃定。海浪撒落珍珠，
太阳碎了一地。我在大岞村一块石头上被照耀，
海鸥在头上盘旋。

从很远的地方来，和我来的还有嘉陵和长江，
它们跃入大海最后的回望，在我枕边，
留下抒情的段落和章节。而在此刻，
只有无边的苍茫。

将军公庙祭奠的将军没有档案，
香火缭绕的青烟与那些举香的人没有关系。
礁石每个伤痕都是生命的截句，
船长和水手留下相同的名字：海难。

海上，船骸没有籍贯，尸骨没有籍贯，
漂流至此在将军公庙完成了航线，
都是大将军。所以抒情最好别来听海，
再大事比不过海事，海的颜色不止于蔚蓝。

惠安女

我知道海的风往哪个方向吹,
台湾海峡这边,惠安女浓艳的花巾,
招摇于浩瀚的蓝。
细腰标配硕大的裤管,空空荡荡,
风鼓舞成型,两只黑色的海螺,
在礁石上发出海啸。

这是站立的海螺,奔跑的海螺,
一生只有一条海岸线。海螺里的风,
与海上的风呼应,出海的男人,
知道风的方向,天涯海角也听见风的歌谣。
惠安女胸怀比海大,
手臂举起就是千帆的桅杆。

惠安女的风情被紫菜团裹紧,
千丝万缕不再漂浮和游离。比如梅霞,
名字可以被忘记,不属于自己。
岸上所有的女人,都叫惠安女,
就像紫菜裹成的团,没有尊卑与长幼,
只在乎临风,收藏逆光下的剪影。

惠安女在惠安，一壶茶、一杯酒，
一次不设计的偶遇都是惊喜。
我和惠安女合影，随意那架老式婚床，
铺盖了天地。此刻的我，
必须写首诗，给我幸会的惠安女。

洛阳桥

石头可以漂浮起来,
万安古渡八百米石筏上的晚唐,
把泉州湾湍急的江水,
裁剪成第一条海上的丝绸。

小语种的莆仙话,
与阿拉伯语,与海上数不清的语种,
无障碍交流。石头与丝绸的飘飞,
超出了所有人的想象。

洛阳江帆樯林立,
海蛎般迅疾繁殖的商贾,
比海蛎更热爱这里的水,水上的桥。

石头扎成的筏,在水里
把蔡襄和卢锡的名字,
喊成海的波涛,汹涌了千年。

渔家打捞上岸的海蛎,
蛎壳打开,保持了飞翔的姿势,

石筏在飞，丝绸在飞，一条天际线，贴在泉州的额头。

说闽南话的白鹭

洛阳江的初冬,水还暖,
江心红枫林星星点点的白鹭,
比我家乡府南河上的白,还耀眼。

离我最近的那只一动不动地与我对视,
我认定它是这里的首领,习惯了
在南腔北调里甄别远近亲疏。

我给它说杜甫,它扇了扇翅膀,
我给它说李白,它又扇了扇翅膀,
然后发出平平仄仄的欢鸣。

我知道这是它快乐的应和,
说的闽南话,就像我的泉州兄弟,
正在用古音诵读唐诗。

孝感巷里的刺桐

巷子老了,刺桐也老了,
我在余光中诗里见过的那棵。
余光中面面俱到,把刺桐挤进孝感巷,
以至于我见到它的时候,
几滴雨就遮挡了视线。

孝感巷孝感动天的故事,
刺桐树历历在目。只要有风吹,
母亲的白发就白了黑的夜,
满树的花朵,满城咳出的血。

这情景被老巷装订在出海口,
马可·波罗当年路过,
看见白夜里花朵的燃烧,
泉州,更名为"刺桐港"了。

孝感巷在城市的深处,已经少有人迹,
刺桐还在,那红,还淋漓。

在茅台没有醉过不好意思

醉有应得。明明知道醉了不雅,
在茅台还是来者不拒。

赤水河席卷的春夏秋冬,
青葱亲吻落叶,冰雪与烈日相拥,
右岸上的一杯酒,没有化不了的干戈。

郑板桥画意抵达的也是酒,
醉眼蒙眬,笔直的竹林接纳节外生枝,
灌木丛不明身份的横七竖八。

在酒面前太过矜持是聪明,
难得糊涂难得的是智慧。酒能治百病,
药引子学名叫包容,仅此一味。

在茅台没有醉过不好意思,
把自己裹藏太紧,身上不沾点酒气,
便是愧对了五谷杂粮,羞于为人。

即使不喝酒的人到了茅台,

也应该举杯邀三山五岳列阵,
把自己打回原形,吐出胸中囤积的块垒。

一个人的真面目被酱香洗涤,
怎么看都是山清水秀。

在西双版纳

老班章从山顶上下来,
生的熟的都是精制。
冰岛与北欧的那个没有关系,
在西双版纳人见人爱,
让我怀揣清凉。
刚走红的曼松还没有明星的派头,
低调、含蓄,三盏过后,
口碑波涛汹涌。
热带的雨说下就下,
老虎不会说来就来。
这里的孟加拉虎不喝茶,
见过它的人越来越少。
晚宴上的虎骨酒,姓孟,
我心有余悸,
端酒杯的手把持不住,
洒落在地毯上的腥红,
刺鼻,反胃。
我和那只倒下的虎,
素不相识,但我知道,
有一双眼睛在丛林的深处,
望着我。

沙溪古镇

沙溪古镇小贩的吆喝，
夹杂元明古韵，石板与石板的缝隙里，
探出头的小黄花已经隐姓埋名。
没有招牌的门脸和摊位，
像一件对襟长衫齐整的纽扣。
深巷里促织机的睡梦被流水带走，
再也不会复原。

当年监察御史和刑部郎中的官靴，
行走沙溪也不会有大动静。
外来达官贵人建府造第的青砖红瓦，
接上烟火和地气，生出紫烟，
威乎乎扶摇直上，小戚戚花前月下逗留，
帘卷细雨清风，庇佑天伦。

枕河人家南来北往的方言混为一谈，
身份、官阶落地皆隐，阶级模糊，
邻里就是邻里，一壶明前好茶，
煮酽情感一衣带水，任凭雨打风吹。
温婉的七浦河就是沙溪枕边书，

水流一千种姿势都是和睦。

在沙溪遇见一杆老秤,
麻绳滑动的刻度在手指间,
迟疑不决。我明白这里的刻度不是斤两,
而是时间长度,我想停留此时此刻,
停留我在沙溪一见钟情的眼神。
看过太多古镇的赝品,唯有沙溪,
上了年纪的老秤,泾渭分明。

石拱桥上二胡的插曲

石头横拱七浦河的利济桥年事已高,
要身段有身段,颜值顶配。
过往的人在桥上走不动了,各种姿势摆拍,
好看和不好看的个神态,
美滋滋。

一把二胡在哭。拉琴老人脸上没有表情,
看不出流淌的琴声与他的关系。或者
为亡人,或者为桥下的流水,
或者这里埋伏忧伤。我靠近他身旁,
感觉风很冷。

和他席地而坐的一只空碗,装着谜,
谜底谁也看不见。流浪艺术在生活的碗底,
空空荡荡。突然想起瞎子阿炳的墨镜,
想借来戴上,假装不在现场。

有人在碗里留下纸钞,有人俯身
询问二维码,老人毫无反应。
我什么都不能做,一个叫二棍的诗人,

在他身边,像失散多年的兄弟,
水在桥下被风吹,起了波澜。

东湖的三角梅

东湖遇见三角梅,
比遇见那些花界的名门闺秀,
更惊喜。这与我的阶级觉悟有关,
三角梅从来就没有显赫过,
和我一样随遇而安。
我们的习性有惊人的相似,
只要一点阳光和雨水,就灿烂。
在东湖,所有的惊呼和赞美,
都给了绿道梦幻花径的绿肥红瘦。
而三角梅被冷落的固执,
从四月花开,肆意了夏秋,
直到初冬才把绽放交给了雪。
很多明星和大牌自愧弗如、
天香国色与昙电昙花,
在三角梅面前也是潦草了,
抱恨来也匆匆去也匆匆。
东湖的家谱里没有三角梅,
贵宾席上应该也看不到身影。
但那成片成片的燃烧正在燎原,
与生俱来的野性和嚣张,

秒杀一切扭捏和做作。
散落的三角梅都是我的亲人，
尤其在东湖，在眼前。

惠山泥人屋

惠山古镇的泥人屋,
比左邻右舍的门帘与招牌低调。
一只麻雀在台阶上溜达,
被我和我本家兄弟晓明打扰,飞了。

我在清冷的屋里转了一圈,
想象当年老佛爷五十大寿上的八仙,
曾经带给惠山东北坡山脚下,
那些黑泥的荣耀。

年代久远,已经回不到过去,
那些胖乎乎的家伙一点没有减肥,
观音、弥陀却食了人间烟火,
和我一样可以妙趣横生。

满屋子手捏的戏文,京剧、昆剧,
以及当地地方戏的一个折子,
满堂喝彩,有一条秘密通道直达。

店家一直埋头在那里,

他手里的老渔翁正在收线收竿，
我是被他钓起的那条鱼。

一首迟到的诗

李庄在长江上游怀抱的典藏,
比浪花更缤纷。渔船的千百次网,
也无法一一打捞。
那些唤醒的和沉睡的还有多少,
与我们未曾谋面?
旧事如昨,时光射出的子弹,
每一秒都击中我胸膛。
我迟到了,我对这里所有的敬意,
都因为迟到不堪一击。
你说你到过李庄,
好多人和你一样说到过李庄,
除了美味和佳肴,一壶酒,
在石板与石板的缝隙,
开出火焰的花朵,能否知道,
他们姓甚名谁?
我这首迟到的诗如果长出青草,
请拿酒来浇灌,万物重生。

衡山遇大岳法师

寿比南山的山,就是衡山,
衡山在五岳排行老大,又叫南岳。

金简峰宋徽宗御题的"寿岳",五百年后
被康熙再一次钦定,真的高寿了。

我不敢在山上说我的花甲,
与福严寺大岳法师品茗,说银杏。

满院子的落叶睁着眼睛,
比阳光更闪亮更犀利地全身扫描,
我心静如水。

斋饭正襟危坐的仪式感,心诚则灵,
祈福、祈寿,一碗白米饭,
巡回几碟小菜。

衡山遇大岳法师有悟,
树上知了的喧嚣高低都是婉转,
满目清凉。

南岳蝴蝶

那只蝴蝶应该是皇后级别,
在半坡的木栏上,两翅收敛成屏风,
惊艳四射。

我不忍心惊扰它,
我们之间已成对视,时间在流走。

一个道姑一朵云从我身边走过。
一个和尚一缕风从我身边走过。

确定那是一只打坐的蝶,悟空了,
对视只是我的幻觉。

一步步向她靠近,伸手可及,
我伸出的手停在半空,戛然而止。

朱仙镇的菊

一朵迟到的云,
两次延误,乘坐第三张机票,
飘落在朱仙镇的年画上。

我虽有诗书,却一介草莽,
被年画上的油墨,
排挤在街头。

街头看见了菊,
亭亭玉立的菊,活色生香的菊,
铺天盖地的菊把我包围。

最肥的那一朵皇后,
咄咄逼人,
她该是哪个帝王的生母?

我只想净身出户,
左冲右突找不到缝隙,
眨眼之间身上长出了花瓣。

已经身不由己,
一不小心入赘了朱仙镇,以后,
记得来开封看我。

养蜂人

蜂箱里囤积的乐谱,
一张张打开,都是风暴。
油菜花地里的交响,从蜂的翅膀上,
升腾起来,与阳光互为照耀。
一个人巡走的舞台,
一个人的千军万马,
只要花开,就必须灿烂。
比游牧更孤独的棚架,
一张简易床,一口锅,两只耳朵,
听蜂的私房话,血脉偾张,
身边的那条多依河涨潮,
温润了所有的梦。
已经很久没有与人交流了,
习惯了蜂的甜言蜜语,
那些激越与舒缓。
一阵风过,花瓣的雨洒落,
在他的身上,我的身上纷纷扬扬。
我的心跳加速,不打扰了,
向他的背影挥了挥手,
斜阳碎了一地。

槐抱柳

张壁古堡那年的战火,
烧掉很多记忆。曾经的牧歌折断,
伤痛覆盖伤痛,没有故事一气呵成。
槐花与柳絮的私语,在后来的日子里,都是宝典。

传奇只能在晋中大地。
比冷兵器时代留下一万米地道更深邃、更迷人,
千年老槐艳遇不足百年的杨柳,
一个拥抱就是永远。

说相濡以沫都肤浅了,槐柳身心同体,
年龄和身高不是问题,甚至性别,
也不是合二为一的阻碍。槐因为柳而枯木逢春,
柳因为槐而风姿绰约。

植物分科里无法归类,槐身体里的柳,
和柳身体里的槐,一场刻骨铭心的爱,
穿越了所有偏见。槐抱柳,不止是一种生长,
已经独立为新科,我有诗为证。

在绵山我看见了介子推

晋文公火烧绵山以后,云雾多了一些,
介子推各种版本不及寒食节
"禁火"的追悔和清明。

介子推无路可遁,肯定是留在山里了,
有风高一声低一声在呼唤,烟雨里
几根骨头,或者一把灰。

山是好山。每一处都有介子推的影子,
上山不敢念想肉滋味,不敢喝汤,
矿泉水也不敢喝。

镜头替代了我的眼睛,切割
绵山不相干的风景。断壁上一个老人头,
被我定格。

我相信那块石头就是介子推现身,
不能确定是他在人群里看见我,
还是我在乱石中找到了他。

时间久远,年轻的介子推老了,
生命里的介意和不介意,轻若鸿毛,
唯有所作所为,被大山雕刻。

后土庙琉璃,绝句

秦砖汉瓦之后,琉璃大行其道,
有一点阳光就灿烂。
庙里的色相超凡脱俗,艳了,绝了,
所有溢美之词暗淡无光。

后土娘娘端坐在那里,偏好孔雀蓝,
那蓝,经典的蓝,脱颖而出。

江布拉克的错觉

麦田波涛澎湃,
我的背影被姑娘的镜头留下,
在江布拉克。
我不是那个守望者,
望不到边的海的波涛,结晶为馕。
行走千里戈壁的馕,
因为这海的浩瀚,
怀揣了天下。

我在天山北麓的奇台,
撞见了赫拉克利特,古希腊老头,
倒一杯水从坡底流向顶端,
"向上的路和向下的路,
都是同一条路。"
我的车正行驶在这条路上,
空挡,向上滑行……

天山山脉横卧天边,
一条洁白的浴巾在半空招摇,
我在山下走了三天三夜,

也没有披挂在身。
走不完的大漠走不出原地,
刚出浴的那人似睡非睡,
一朵云被我一把掳下,
做了我的压寨。

柳侯祠荔子碑

柳宗元孤舟上钓起的那朵雪,
在天空飞舞千年,
以一滴水洒落。

一滴水正在清洗柳侯祠荔子碑,
韩愈的黄蕉丹荔可闻其香,
东坡断碑裂纹里的暖意,
冉冉升起。

有人脱口而出——我的那个天!
天就撕开了一条缝,
豁然开朗。

柳侯祠正大光明。
还是蓑衣比官袍可爱,那翁,
断崖式贬至司马,刺史,
以及死后加封的侯,云烟而已。

荔子碑前的文字黑白分明,
唐宋三文豪碑前聚首,一个眼神,

万丈光芒。

可以确定,再过一千年,
那雪,在碑上,还是清清爽爽。

岳阳楼补记

与岳阳楼相约巴丘山下,
九孔桥九只眼睛睁着,看见了。

在太白潇洒"天上接行杯"之后,
子美唏嘘"凭轩涕泗流"之后,
范仲淹肆意洞庭八百里烟波,
浩荡天下之后。

走得好辛苦,从夜的南湖上岸,
背负蜀水巴山,无论精致与潦草,
都是跌跌撞撞。

岳阳楼前,不能容忍风花雪月了,
汉字面对苍生,江湖之远,
也当怀揣天下。

烫金的先天下之忧而忧,
城陵矶吨位修改了悬铃木的泪痕。

湖面水草涟漪、鱼虾嬉戏,

银杏虚拟黄金时代,落木纷纷。

范公好吗?——还好吗,还好吗,水上起了波澜。

良渚遗址

良渚，从犁耕的聚落到琢玉的城邑，
反山墓地里主人一支冷艳的玉钺，
威武了王的气概。

隐约城墙下石头坐实的国度，
夏的礼制已远，贵族与平民已经分野，
静默的墓葬等级森严。

玉器、丝织、黑陶、木器的遗存，
那些无法辨认的"原始文字"
我看见远古的舞蹈。

那个反复出现的战神是我的祖先，
五千年前国王曾经的骁勇，
或为蚩尤的前世。

良渚主人携带一个古国的秘密
消失了。莫角山俯视过大半个中国，
祭祀台上的风，屏住了呼吸。

石头没有说话，符号没有说话，
我把我的这首诗落款在史前，
能不能让我的先人开口？

独木舟

江南跨湖桥一株马尾松,
八千年前,被部落的人不可思议地撂倒。
想象把它划成两半,完成这个想象的是石头,
石头宣告一个时代的文明。

那些石头啄空树的腹部,
站立的树躺成一片柳叶的舟。那时,
他们可以在水上行走了,陆地与江海,
留下最古老的行为艺术。

那时还没有萧山的名字。
一叶独木舟,重见八千年以后的天日,
照亮年代的未知。

波利尼西亚人领衔主演的海洋文化,
东起复活节岛、北至夏威夷,
西至新西兰的南太平洋上的每一个章节,
都该画上句号。

独木舟的桨声,发出空前的绝响,

这是不容置疑的惊天动地。
八千年的久远，兽皮与树皮裹身，
见证了祖先最古老的舞蹈。

世界所有水域上考证的文明，
从独木舟重新开始。
祖先在遗址的独木舟右侧，成为一支桨，
我在左侧，成为它的另一支桨。

我曾经从这里出发，
我的航海日记在独木舟上挂起风帆，
我穿上铁的盔甲，我有了我自己的编队，
我的祖先是我，我是我的祖先。

苏小小

钱塘苏小小的墓,
心有碎碎念,活在文字和戏曲里的美人,
档案不全,或者根本没有档案。
这并不影响束手就擒的湖光山色,
不影响更多的想象,风尘也有洁癖,
守身的玉被西湖典藏。

毕竟是青楼的前辈,
后来的国色天香无人能及。一只手帕招摇,
落木纷纷。孟浪的浪打浪无缘,
落魄的鲍仁赶考路过,红袖落银,
只留下一个顾盼。与阮郁倒是一见倾心,
休止的弦歌,凄楚、哽咽。

红颜薄得要命。风月场的痴情,
落花与流水一带而过。子规在枝头休眠,
病榻上看窗外流云,支离破碎,
帘卷的孤独让西湖水涨高三尺。
雨一直在下,西泠桥畔,有人长辞,
有人回来,过错是错过。

柳如是

河东君不是河东狮,秦淮河上的柳,
如烟、如剑,在明清易代的风雨里,
褪去了胭脂。

青楼不假,歌诗、书画与琴瑟,
从阁楼潜入松江,与仗剑志士纵论时势,
艺妓也是匹夫。

爱情的汤药救治浊世的自爱自怜,
东林魁首一顶花轿走过烟花柳巷,
虞山"绛云楼"筑巢温柔之乡。

金屋藏娇,而外面的世界戡乱御侮,
娇还是娇,却比夫君更有血性,
可以视死如归,携夫以投水报国。

水有点冷,被钱大人一把拉了回来,
这一把让血也冷了,佛门的清净好陌生,
斩不断的葛藤悬了梁,如是,如是。

董小宛

苏州半塘的山水，琴声浸淫，
抚琴的玉指洗刷了秦淮河的艳词，
干干净净。

乱世佳人一个笑，但凡见过，
都会神魂颠倒。还真的有一见钟情，
潦倒的冒襄艳福不浅。

青楼的喧闹与奢靡很不真实，
与夫君辗转流离，孤独幽林远壑，
所到之处，只要一个遮风避雨的屋檐。

隐庐里的琴声没有瑕疵，
皇帝与小宛没有关系，那些花边与戏说，
无异于施暴。

兵临扬州城下，城墙上的美人，
拒辱自刎，断弦落地悄无声息，
鲜血改写了身世。

南京，南京

南京，
从来帝王离我很远，那些陵，
那些死了依然威风的陵，
与我不配。

看见了香君身后那条河里的鱼。
线装的书页散落在水面，
夫子正襟危坐，所有的鱼上岸，
没有一个落汤的样子。

秦淮河游走的幻象在民国以前，
清以前，喝足这一河的水。
胭脂已经褪色，琴棋书画，以及香艳，
举止不凡。

运河成酒，秦淮、长江成酒，
南京之所以天旋地转，恍兮惚兮，
不过就是一仰脖，
醉成男人。

长乐客栈床头的灯笼,
与我的一粒粒汉字通宵欢愉。
我为汉字而生,有一粒生成雨花石,
留在凤凰台上。

在南京,烈性的酒,
把我打回原形。梦炜醉眼游离,
呢喃没有水的成都不养鱼,
就是一个,老东西。

我拿一整条江水敬你

汉水在蔡甸的一个逗号,
间隔了整整一轮满月。辽阔的清辉,
与高山和流水相遇。

你那个叫俞伯牙的兄弟,
三百六十五天之后,如约而至,
单薄的衣袂,浩荡成苍茫的芦苇。

风从坟前走过千年,
伯牙的弦断了,芦苇抽丝拍打的脸,
很疼。

与伯牙走马的春秋,千疮百孔,
指间流淌的清泉足以瓦解阶级,
沟通所有的陌生与隔阂。

月光下的每一束惨白,
都是断魂的瑶琴。知音难觅,
上天入地仅此一曲,子期兄,
我拿一整条江水敬你。

屈子吟

两千多年的呜咽。
江水流经秭归，流经郢都的落败和沧桑，
绝非浪漫一带而过。屈子流放的汉北，
汨罗以泪洗面。

蓝墨水里的香草美人唱的哀歌，
都是天问。有人在水之上揽尽日月风云，
是你吗？众人擎起火把迎接的大夫。

从关中到绍骚，笔下的波澜从未停歇，
楚国城池和城池之外发出的轰鸣，
命运如同舌兰，开始错落，
开始如同白纸黑字的跌宕。

还有什么能比得上这幽冷与孤绝，
面对山河的破碎，述惆越来越深重，
穿过一个国家不可救药的伤痛，愤慨
喷薄而出，摇撼每一寸山川和每一块骨骼。

当后人摸索出你智慧的锁孔，

这如同月牙般闪亮的丰盈的想象和情调，
在某个地方，推动着时光的奔跑，
我愿意在你的浪漫里再一次确立现实。

我的粽子，始终是一首诗

五月初五，
我的粽子五花大绑在一首诗里。

一块石头沉入汨罗江底。
迷离的神话，香草、佳木，和水里的藻类，
纠缠成呼啸。

阳光泛滥的丝线装订的《离骚》，
一个人在粽子的衣裳上渐渐迟暮。

长江边子规的哀鸣，朝廷的台阶上，
得意与失意，旋涡里的挣扎，
已是遍体鳞伤。

楚天摇摇欲坠，楚地哀鸿遍野。
一支箭，一首带血的《国殇》喷射而出，
江河没完没了地呜咽。

泪的雨血的雨怎么都不可能浪漫，
江上有人招展双臂仰天长歌，

完成生命亘古的造型。

我的粽子,始终是一首诗、一个人,
——"日月忽其不淹兮"。

最后的王宫

落日的辉煌,
在波兰永远地照耀。
最后的王宫从二战的废墟上,
还原泽格蒙特的威仪。
记忆抖落的硝烟,
砖石回到原来的位置,
每一幅画、每一件藏品,
带着斯拉夫人幸存的体温,
复活在国王的宫殿。

仅仅是缅怀已经肤浅,
重新整理祖先留下的遗产,
在悄无声息的汹涌中,
默诵自己亘古不变的姓氏。
世袭的王室已远,
而历史的真实很近,
近得可以看见肌肤上的褶皱,
和奔流的血脉。

波兰,波兰,

曾经在地球上消失了的名字，
曾经连自己的语言，
也被禁闭在地下室的民族，
没有人能够忽略她对战争的
切肤之痛。
所以以王宫制作华沙的封面，
古城与新城之间，
横跨两千年。

一切都慢得优雅、古典，
甚至阳光和空气也格外舒缓。
街上流淌的波语，
肖邦曲子里固执的浪漫，
从波罗的海向所有的海荡漾。
王宫门前散步的鸽子，
挪动失而复得的步态，
别去打扰，那是当年遗留的
高贵的悠闲。

铜像之都

华沙城市的语言密码,
集结在巍然不动的铜像上。
至高无上的教皇、国王和总统,
科学家、音乐家、作家与诗人,
以及为民族解放而献身的
有名和无名的将士,
——列阵,一尊尊历史的惊叹,
以青铜浇铸他们的生命,
植入城市的心脏。
一个民族太多的辉煌,
太多苦难的城市太多的纪念。
国家保存的人物档案,
成为那只盾形的白鹰的骄傲。
还有一个铜雕没有完成,
德国总理勃兰特的"华沙之跪",
跪出波兰的谅解和宽容,
世界的感动。

贝尔格莱德的痛

南斯拉夫没了,
中国大使馆的旧址拆了,
建筑工地一角,一块大理石,
正在被黑色幽默。
一段碑铭,两个年轻人的名字,
比生命站得更凄冷。
天下着细雨,
几束枯萎的野花挂满泪珠,
惨淡的黄,格外刺眼。
没有遮挡的大理石不说话,
没人驻足,没人多看它一眼。
贝尔格莱德面无表情,
比鱼的记忆更短暂。
我蹲下身去,听那年的炮火,
跨洋飞落地下室的精准。
我从我的祖国远渡而来,
在这里看不见多瑙河的蔚蓝,
只能小心翼翼地擦拭
碑铭上的泥泞、凌乱的枝叶,
害怕我翻江倒海的伤感,
触碰到它的痛。

布达佩斯

多瑙河从布达佩斯穿城而过,
左边上岸的布达,与右边上岸的佩斯,
都记得裴多菲的炽热与浪漫。
城堡上的落日涂满天边的口红,
迷幻而性感。
此刻,很适宜斟满酒杯,
在河边偶遇那只静卧的小船,
那是生命之外,爱情和自由的暗示,
被我一饮而尽。
蓝色的记忆浮出水面,
然后升腾、汹涌,直至把我淹没。
不需要找其他任何理由,
这是一个很容易就爱上的城市,
在漫不经心里,束手就擒。

与日本画家对话

美术馆与日本画家藤原对话,
画家的画在墙上,许多话涂满色彩,
我对他的每一种表达,心有戚戚。

人都在装扮自己,
装扮以后辨不出自己说的话,
看不到自己的模样,藤原例外。

西装和领带限制了我的举止,
而画家遗落的拉链,半拉半闭,
只是道具。

画家始终没有露面,
我和他说了很多话,西洋和东洋,
美术馆本身就是一部作品。

画笔斜倚墙角,像一只日式扫帚。
说完很多废话以后,扫帚倒了,
美术馆被风吹远。

铜雕以及千纸鹤

一千只纸鹤铸成铜雕,
少女成鹤了。折鹤之塔折叠的历史,
谁也不愿去翻动,蘑菇云,
翻卷永远的惊悸。

寻找我的那只鹤在广岛,
我的鹤折自心上,以我心的殷红,
置放塔顶,祭慰无辜与绝望,
流浪的哀鸿。

铜雕以及铜雕上永生的少女,
托举那只鹤,与一千只鹤的静默,
天空滚过雷霆。

乱云奔腾,杀戮与被杀戮转场,
折鹤之塔滴落的雨,在哭诉,
解说词已经生锈。

有一种感觉留在大阪

有一种感觉留在大阪,
瞬间角色变幻,不止是难以言状,
更难以解脱。

一个人从地面飞升太空,
星空里不由自主,坠落的以往,
在似是而非的入口。

虚拟的流星在眼前滑落,而我,
想知道该是谁的星座?

没有同传的解说谁也听不懂,
一任想象作灿烂的旅行,
射手座上有人失眠了。

星光正在撤退,大阪城郭,
和我还原在人设的球形演播厅里,
我还是我,身边人形同陌路。

两点零五分的莫斯科

生物钟长出触须,
爬满身体每一个关节,
我在床上折叠成九十度,
恍兮惚兮。梦从丽笙酒店八层楼
跌落,与被我驱逐的夜,
在街头踉跄。
慢性子的莫斯科,
从来不捡拾失魂落魄。
我在此刻向北京时间致敬,
这个点,成都太古里南方向,
第四十层楼有俯冲,
没有起承转合。
这不是时间的差错,
莫斯科已经迁徙到郊外,
冬妮娅、娜塔莎都隐姓埋名,
黑夜的白,无人能懂。
一个酒醉的俄罗斯男人,
从隔壁酒吧飘摇出来,
找不到回家的路。

那是皮鞋咬着木板的声音

三层楼老房子原来住的洋人,
与五百米外另一幢楼,
白日青天交涉外事。

洋人走了,一个时代改变了模样,
比我先到老房子的人,很谨慎,
走路没有一点声音。

另一幢楼改叫一号楼威风八面,
和这里高的矮的所有的楼,
有了一种关系。

我还是喜欢老房子的木板,
走路的时候,皮鞋咬着木板的声音,
使我充满快乐。

其实上楼的梯子已经软了,
收发室老头还发现白颜色的蚂蚁,
密密麻麻,米粒一样新鲜。

没有人议论这突发的事件，
消息很长时间屏蔽了，墙内墙外，
依然雨打芭蕉。

我知道这是危险的信号，
老房子在这个城市接收和释放音响，
愈是没有声音，愈是问题。

想在某个夜里突然失踪

然后,夜里多了很多追灯,
从不同的方向追踪我。
在追灯与追灯的缝隙间,
有一张红木八仙桌、一壶酒,
空置七个座位、七个酒杯,
想象七个人陆续到来。
我看不见他们的五官,
他们说自己的方言,
而且自言自语,滔滔不绝。
我发现他们看不见我,
根本不知道是我摆放的酒席。
此刻有一束光打在桌上,
像一把利刃划过,
几只被切割的手有点惨白,
酒杯稳稳当当没有泼洒。
我的酒杯,和我又一次失踪,
夜还在继续走向纵深,
再也不会有人与我萍水相逢。

我肉身里住着孙悟空

我的肉身里住着孙悟空,
迷迷糊糊我进入了自己身体,
从哪里进入不得而知,
但我知道自上而下,有坠落感。
与大圣相遇的时候,
没有妖精和妖怪。
五脏六腑犬牙交错,
无休止的博弈和厮杀,
并不影响我面对世界的表情,
真诚、温和而慈祥。
我清点身体内部历经的劫数,
向每一处伤痛致敬。
我和悟空相见恨晚,
一个眼神就可以托付终生。
从胸腔到腹腔相伴而行,
胆囊的结石在火眼金睛照耀下,
正在生成舍利子。
悟空说,妥妥的,
比我师父的肉肉更金贵。
肠道里巡游十万八千里以后,

分不清我和悟空,究竟谁是谁?
看见自己手执金箍棒,
站在身体之外,一路昂扬。
天地之间有祥云驾到,流金四溢,
额头上的时间,年月日不详。

经常做重复的梦

有一个梦,
在不确定的时间里重复出现。
无法记住它出现的次数,
记得住情节、场景和结局。
这个梦是一次杀戮,
涉及掩盖、追踪、反追踪
和亡命天涯。
我对此耿耿于怀,
这与我日常的和颜悦色相悖,
与我周边的云淡风轻,
构成两个世界。
我怀疑梦里的另一个我,
才是真实的我。
我与刀光剑影斗智斗勇,
都有柳暗花明的胜算,
甄别、斡旋、侦察和反侦察,
从来没有失控。
而我只是在梦醒之后,
发现梦里那些相同的布局,
完全是子虚乌有。

经历过

风吹走手里一张便条,
与一片树叶接头,纸上的信息有隐喻。
一只鸟飞过,假装什么也没看见,
天色越来越晦涩。

无花果已经挂满枝丫,
突然的花开,被江湖走卒裹挟而去。
甜言蜜语一句比一句煽情,
轻信季节死无葬身之地。

冬天的笑都不怀好意,
比笑里藏一把刀更不容易辨别。
雪花接近的目标没有觉察,
我发出的暗号被风腰斩,零落成泥。

低处

大地不与天空比高,
海拔的刻度只是呼吸的线条,
上下左右的延伸与生长,错落有致。
平原、丘陵、山岗与海的平面,
都是地球的外套。飞鸟不懂低处的秘密,
适应蛰伏,雨水、泥土和岩石混凝成钢铁,
看见钢铁怎样炼成了爱情,
万物相亲相爱。

线条

在大地上,你是你自己的线条,
笔直、曲折、纠缠,更多时候是一团乱麻。
春天迟迟不来,貌似花朵的口罩,
比雪更辽阔地覆盖了二月。
时间比流水还急,没有停留,
好多奔跑的脚步追赶呼吸。
有阳光在,就没有死寂的土地,
我看见线条与线条之间,
一抹新绿名正言顺地泛滥。

幸运

山川、村庄和城市没有真面目,
残存的牧歌、炊烟与霓虹混为一谈,
大地不堪重负。落日与朝阳的色块,
塞满儿时遗弃的万花筒。
我是不是还在其中,不能确定,
好久没有听孙燕姿的那首《遇见》了,
遇见一条鱼,在没有水的天上飞,
或者遇见一只鸟流落街头,
都是幸运。

癸卯新年帖

天空很多不明不白的云，
兔子俯卧脚下，让我想起千百年前
放生的白狐。

想再跳一支舞。人群正在聚集，
与左冲右突的羊群，保持应有的间距，
虎口残留一嘴羊毛。

老虎和兔子的交接仪式，
没有一支笔可以完成记录。

农历癸卯的春天反复强调，
第一次立春和第二次握手言和，
所有的花开验明正身。

兔子在窝边不敢轻举妄动，
我在电梯按键上复制上下的沉浮，
年关逼近，府南河有雨夹雪。

天色已渐渐好转，

烟火升起,锅瓢碗盏磕碰的民谣,
已是天籁,形势一片大好。

粮食问题

我无法全部描述粮食的形状,
一个纠结很久的问题,一直纠结。

粮食从土地魔幻到餐桌上,整个过程,
罗列人类最神圣的宝典,不能穷尽,
所以不敢轻描淡写。

人非鱼,有的记忆根深蒂固,
比如泥土、草根、树皮,天上飞的地上爬的
算粮食吗?确实保过好多人的命。

为了粮食,那年麻雀归类"四害"被全歼,
虫灾汹涌,粮食几乎颗粒无收,
碗里清汤寡水。

一粒米难住英雄汉。小麦、玉米、红薯,
以及其他称作粮食的粮食约定俗成,
只能画饼充饥。

粮食必须回到粮食,粮食形状的千变万化,

是风向标，米面拿捏的模样越多，
日子越斑斓，越有滋味。

果腹即可的潦草已经久远了，
现在吃饱、吃好不是问题。问题是如何
把持风调雨顺，稻菽翻卷千重浪。

人民在"国富民安"大词里的烟火，
高高举起，可以抵御延绵的疫情
和突如其来的战争，粮食放之四海而皆准。

记住袁隆平被深耕过的脸，沟壑交错，
每一道刻痕都是粮食的形状，
整个世界都可以包围。

旧时光

纸上的民国,文字汹涌
成河,河床没有边际。
北平街头鸟笼里的低音高频,
越来越花哨。
末代皇帝剪了辫子,
透过墨镜读白话写成的诗,
康白情的草儿,
被胡适梳理得油光水滑。
陈独秀李大钊梁启超,
章太炎鲁迅,以及他们身后
奔腾的生龙活虎,在北大
囤积火苗,正在燎原。
蔡元培想给未名湖命名,
找不到合适的词,搁置一百年。
各路神仙怀揣刀枪剑戟,
比笔墨留在纸上的划痕深重。
那是十九世纪二十年代,
金銮殿上的人死了,
紫禁城一长串真名实姓,
和长城正在风化的石头较劲,

后海一支斑竹削成的笔,
滴落千滴泪。

铜锣湾与考古学家晚餐

填海的最后一块石头,
把海峡那面铜锣逼上了岸。
失声的海往后退,岸上闪烁霓虹。
香港的夜把我和王毅,
拽上翠华的三楼,不能简约,
再简就成了翠楼。
王毅打量菜单像在考古,
点了煮牛肉、烧牛肉、卤牛肉。
我要了四个喜力,之后,
追加两个,又追加了两个。
他开始滔滔不绝,说三星堆,
说金沙,眼里金光闪耀。
铜锣湾唯一自由的晚餐,
青铜、玉器、象牙不能佐酒,
过于潦草了。
在回酒店的路上我问,
先生,这辈子挖那么多宝贝,
咋就没挖出一本菜谱?

天鸽袭港

此时此刻,我在。
台风天鸽集结在东南偏南,
北纬211.5°,东经114.6°,
时速65公里,在港西登陆。
港人老蔡说来看我,
等到一条微信——
出街危險,樹枝雜物橫飛如子彈。
我似乎已经中弹,捂住伤口,
很庄严地告诉他,
别过来,还不到生离死别。
他还是在枪林弹雨之前赶来,
也算生死之交。
我的房间看不见风起云涌,
只听见天鸽的嘶鸣。
我们在手机上看落荒的逃窜,
沉默不语。
怡东酒店正在温馨提示:
天鸽的眼壁爆发对流,
台风眼清空,有超强台风强攻。
我和老蔡像战士在战壕里,
一壶茶心平气和。

天涯石只是远方的道具

天涯石只是远方的道具,
滩涂脚印很乱,很浅,所有籍贯,
都有复杂的隐秘。

天南与海北厌倦了的咫尺,
规矩的方圆,亦步亦趋的踉跄,
往来的风已经身心疲惫。

左冲右突而不能。屋檐的家雀,
浅底的游鱼,与朝九晚五的调性,
越来越无法容忍自己。

云在天上一动不动,远方
在哪里,一个盲盒或者一个深渊,
所有的远方遥不可及。

三亚湾和红塘湾之间的岬角,
天涯石正襟危坐,整理潮起潮落,
收拾破碎支离的心情。

道具就是道具，石头上的泪痕，
都是别人留下的信誓旦旦，
海还是在笑，还是在哭。

一只鸥鸟在头上盘旋，
一个人围石头逆时针转了三圈，
一场雨突如其来，满眼都是落汤鸡。

椰子水

玻璃杯里的椰子水,
在海南落座,取之不尽用之不竭,
以水代酒,频频举杯。

透过无色的椰子水,
看窗外的三角梅开得嚣张,
万泉河轻舟划过,带走几片白云。

哪一片云是我的天?带我漂洋过海,
而现实是满墙角的椰子,
六神无主。

像谍战片里的弃子,等待唤醒,
又害怕被唤醒。屋子里杯盏交错,
没有酒精的椰子水也醉人。

究竟有多少应酬身在曹营心在汉,
说不痛不痒的客套话,
海风吹乱了发型。

一片茶叶漂浮在河面

一片茶叶漂浮在河面,
谁的茶杯倾斜,或者哪个方向的风,
送它下了河。

太过渺小的物事未必质疑。
河面一片茶叶没被淹没,打破了常识,
也没有人相信。

很多异样目光在河面游离,
之后有了话题,比如情理,比如暗示,
流水没有参与。

一片茶叶不能改变江河的颜色,
水上的行走,让茶罐、茶杯里的梦,
已经没有余地。

一片茶叶应该是落难了,
我看见,我说出来,我身体内部,
汹涌的波涛不可名状。

对于茶叶的前世今生,
河面无动于衷,我也看不见结局,
下雨了,天空落下细密的茶针。

等一只靴子落地

等一只靴子落地,
不关心尺码,不在乎落地磕碰的声响。
风也过了,雨也过了,庙堂与江湖,
一张纸,不能覆盖浩荡的身体,血在燃烧。

人生用过的标点符号清晰,
语义学的抽屉,堆满发黄的卷纸,
随便抽出一张都可以写诗。草木生烟,
河边的小路上,优哉游哉一只白鹭。

天上的云彩散了,袖口的风,
挽留深秋的淡洒、一杯向远,一杯向空,
挂杯的晶莹甄别抒情的度数。
昨夜梦见陶渊明,布衣呼应山水。

眼睛里的水

眼睛里的水不流下来,
不是泪。地球的湖泊、江河和海洋,
不宣泄不泛滥,也不是泪。

没有比水更坚硬的物质了,
尤其是眼睛里的水,尤其男人,
可以血流成河,绝不轻弹一滴。

八一路路边店的雨滴落隐喻,
两个男人在重庆的雾里约一壶酒,
淋湿了全身。

泪比黄金贵。一个男人
和另一个男人对坐,泪流满面,
桌上折耳根花生米价值连城。

上清寺香火被风吹,时断时续,
解放碑年事已高,身段越来越低,
那些林立的高楼依然仰望。

最纯净的水在眼里,容不得
一粒沙尘。即使烈日刺痛暗夜遮蔽,
那水,清清白白。

非常生日

耳根清净了的花甲，
风雨声动听，烛上六根火苗撒欢，
比外面的广场舞矍铄。

静场。双手虔诚合十，
干干净净吹出许的愿，烛火灭了。

切蛋糕的刀还来不及抒情，
六朵精灵同时复燃，样子更调皮。

节目重新开始，又灭，又复燃，
一、二、三循环，终于举杯——

喝酒不喝酒的都一饮而尽，
桌上的先生、夫人们，云里雾里。

重庆、南京、成都生日聚齐魔幻，
后来罗汉寺大师和我称兄道弟，
闭目一句：此乃天机。

至痛时刻

凌晨7点10分,
突然想拨电话。通了,没接,
再拨,又通了,那边声音有些异样,
变得浑浊而遥远。

——"我要走了"
一句没有任何铺垫的应答,
比子弹更迅即,击中了我,
窗外惊飞一只白鹭。

成都与重庆距离拉长,
四个轮胎长不出翅膀。
窗玻璃外,整片天空面无表情,
路牌在倒,树木在倒。

12点零8分,高速戛然而止。
前面是世纪的界碑,
只差五步,
抵达我们之前的约定。

感应是个什么东西？如果
我不拨那个电话，如果
老爷子不接我电话，是不是
就不该这个样子？

我无法面对，拨了不该拨打的
电话，联通一棵世纪大树，
在第九十五个年轮的刻度上，
画了句号。

线上清明

父亲上山以后,
清明节就没有雨,欲哭无泪。
老爷子走了,阴阳之间,
上下划分了一条线。
线下的哀思、烛火和鲜花,
线上虚拟抵达。
父亲加过我朋友圈还在,
没有动静,没有信息,
应该睡了吧,让他好好睡吧。
我们上线了,母亲很好,
儿女很好,孙们曾孙们很好,
那是九十五个年轮,
平常百姓相依为命,
粗茶淡饭留下的好。此时此刻,
天色清明,草木念念有词,
有风吹送父亲熟悉的鼾声。

有一段海滩踩不出声音

有一段海滩踩不出声音,
脚印重叠,海的风吹乱了云,
体温计在身体之外发高烧,海上明月,
被蒙面的云咬了半截。

潮水胸腔里荡漾,视线越来越模糊,
很多话想焐热了再说,有人哭砂,
一只掉队的海鸥尾随身后,
追逐飘飞的长发。

此刻的蔚蓝过渡成黑色,
海岸线抹平了蓄谋已久的不期而遇,
不能怪海。抒情最真是哑语,
衣兜里几枚硬币,怎么也碰不响指头。

海滩留不下脚印,
椰树在岸上看见我了,以及那只落单的
鸟。我看不见自己,却听见心跳,
随便一个方向我不能不去。

归期冷冻

在一个无法抵达的地方,
说不能回来了。城市散布的碎碎念,
从玻璃隔离的幕墙滴落,
没有编号,人去楼空,无法辨别表情。

天冷的时候容易怀想红色,
把自己置身于暖色之中,
很精致地冲一杯咖啡,加一块方糖,
等咖啡冷了再喝。

随随便便背一些数字,
一二三四,二二三四,三二三四,
数不上五,天就要亮了,风没有方向,
只感觉背心发冷。

归期冷冻,楼下市井的吆喝冰凉,
河边吊嗓子的高音一声比一声凛冽。
被搁置被冷落的咖啡忘了搅拌,
味道真的好苦。

回家

成渝高速,
横卧成都与重庆之间,
不能感受飞或者奔,混淆了故土。

本世纪开始的那个春天,
我便从桑家坡过往两个城市,
更像茶余饭后,散步的前庭后院。

从成都到重庆说的是回,
从重庆到成都说的也是回,
身份格外清晰,没有去的感觉。

三百公里回家路,相同的表情,
城市面貌无论怎么改变,
都是家的样子。

成都的慢与重庆的嗨,
上演分分合合的折子戏,生死恋,
深浅一壶酒,半醉蜀水与巴山。

造的句

一座半岛一本书,
我是蛰伏在里面的一个句子。

不能和另外的句子组合。时间
与时间的挤压没有变形。

省略标点符号,省略我的履历,
比其他句子干净。

沧白路的江湖,上清寺的装扮,
黄金堡的脂肪都省略了。

句子在体内蓬勃生长,
肋骨分行,开出疼痛的花朵。

花在过往的坑坑洼洼里绽放,
嘉陵江船工的号子,重新填词。

已知

速度在词语里奔跑,
成都、重庆互为起点和终点。
从名词开始,角色与经验可以转换。

以火锅为例,把伤痛转换为快乐,
相当于把活虾放进火锅、取出,
在清油碟里点蘸降温。

或者把爱情转换为友情,
从红汤到清汤,牛肝菌、金针菇,
最大好处是清热解毒。

生活包含了名词、动词和形容词,
一锅煮,唯一煮不烂的是,
关汉卿的铜豌豆。

词语里的速度慢不下来,
心在放逐,一个词与另一个词,
已知的语义正在改写。

五里坡

五里坡在城外五里的地方,
坡没有五里,这段路走了五年时间。

我在半坡的茅屋,认识了涅克拉索夫,
那个写《通红的鼻子》的俄国人。

五里坡和高加索,有了或明或暗的联系,
我和我的诗有了联系。

现在找不到那间茅屋了。
而我相信,挖地三尺,我和那个俄国人,
还在煤油灯下,一火如豆。

卸卸了

卸甲丢盔感觉如此美妙,
卸下面具,卸下装扮,赤裸裸。

南河苑东窗无事从不生非,
灯红与酒绿限高,爬不上阁楼。

南窗玻璃捅不破,不是纸,
新叶尖上带露,滴落过期的言情。

事不关己,撤离明里暗里的追逐,
大事小事都不是事了。

阅人无数不是浪得虚名,
各色人等各种姿势,经不起风吹。

把所有看重的放下,一身轻,
轻松谈笑、说爱,轻松面对所有。

任何时候都不要咬牙切齿,
一杯茶,看天天蓝,看云云白。

以后

一个界定就这样了,以后,
爱上树叶脱落的枝丫,爱上瞌睡的鸟。

在天空整片的蓝里留下记忆划痕,
收敛的翅膀不打听梦的方向。

疏远热闹。有一种美好叫静默,
米沃什八十八岁生日的城市、海湾,
以及拖鞋后跟的喑哑。

像水文的刻线,有人落寞、失语,
有人打胡乱说,我在河边散步。

以后还有很多日子,一壶茶、一杯酒,
一本书的字里行间修改日月星辰,
沙发上随便摆放喜欢的姿势。

府南河边挖耳的师傅老熟人了,
绿道固定的摊位也上了年纪,水底的鱼,
窃窃私语,比耳边的风轻。

碎纸

夜深碎纸,
一种刀刺划拉的尖锐。
纸上文字痉挛,色彩和图案变形,
都是隐隐作痛的荣誉史。
撕纸的声音,
坠入门前的府南河,
修改了一成不变的水文线。
一张纸和一叠纸撕碎,
动作没有技术含量,
不动声色的撕,
和咬牙切齿的撕,
效果一样,心惊肉也跳。
窗外四面埋伏的黑,
黑得确凿,只有一张白纸,
侥幸逃得过去。

夜雨

雨的声音强行穿堂入室,
身体之外梦走过场。一只落汤鸡,
坐在床沿回收三千里江山,
情节断片、连接,再断片、再连接,
蒙面芭蕉手持风的刀,
剥落失信的烟岚。

雨一直在数落我,
卧室、客厅、书房漂浮起来,
很魔幻。眼睛不敢睁开,害怕有光
揭开伤疤。把夜占为己是徒劳,
区区陋室面壁打坐,
青红与皂白,一目了然。

野蔷薇

路子野的蔷薇很有脸面,
相忘于江湖都难。只需一次邂逅,
三千里江山失去颜色。
季节、时令徒有其名,枝条与绿叶面目全非,
成雾、成幻象,在身后不可名状。
陪衬已是多余,野性的红未知来路和去处,
圈养不可能,索性撤掉篱笆与栅栏,
随她自立门户,野得痛快淋漓。

狂风大作

眼睛受伤了。花开妖娆已经肤浅,
蔷薇怒放的身体,燃烧大火,
天空一退再退只留下缺口。
时间与空间失序,以洪荒之力把持自己,
谁在此刻能够静如止水?
索性点一支烟掩饰慌乱,烟头的红,
嫁接在似是而非的枝头上,
内心掀起波澜,狂风大作。

颜色

回到太阳身体里的阳光,
只有一种颜色。留在眼睛里的
也只有一种。斑斓很多时候只是幻觉,
让一种颜色热烈到极致就是极简,
简到触目惊心。所有风花雪月黯然失色,
蔷薇藤条上的血溅在野地上,
有伤、有痛,有明明白白的纠结,
你看到的是最好的样子。

静养寂寞

自由生长很多时候只是伪命题，
看不见尺度和框架，落红没有归宿。
枝条与根茎谁是谁的前世，
风说了不算。好多直立的躯干已经躺平，
依然仰望，在裸露的青筋和血管里，
弹唱格格不入的小夜曲。
昨夜有人浓睡，酒还残留，
在自己的三分野地，静养寂寞。

雨后

雨在夜的幕后,像蒙面劫匪,
一闪而过。野地的蔷薇不在护栏里,
被热伤了风,伤及根茎,
伤及枝条上的叶,耷拉成病态。
永远健康都是虚张的声势,
来一场像模像样的感冒,
吐故纳新。夏天没有正经的雨,
看见和看不见的,表情模糊,
可以选择性失明。

残荷

残荷布的局并不是颓废,
浮华褪去,寂寥留置的清影,
在水面制作季节的晚歌,蜻蜓点过的水,
平整如镜。枯枝上高冷的音节,
往水底沉潜,在看不见的污泥浊水里,
为失踪的荷花辩白。洁身自好,
秋后再来清算。

化蝶

前世的惊艳还在,
花瓣脱落在水上保持最后的优雅。
风停了,色彩开始凝固,
停止呼吸的花瓣,倒影化蝶。
生与死虚拟一次新命题,
蝶翅已经打开,蓄势或者假寐,
等待静止的水面破裂,
完成无与伦比的飞翔。

雨过的荷

雨过的水面没有皱纹,
镜头后面的眼睛看过太多的复杂,
删繁就简,简到只剩下心动。
荷花半开有点羞涩,看不出是哪家的孩子,
丘比特射出的箭偏离了靶,
疑似倒插在水中。荷叶是谁遗失的手帕,
眼泪暴露在光天化日之下,
擦也不是,不擦也不是。

梦境

多余枝蔓、破损的阔叶,
污泥与浊水,水蛭和虫蝇遁入至深的黑。
只有洁白和嫩黄的高光,
在编织童话。伸手可及不能及,
世间最脆薄的是梦的边境。
幻到极致的瞬间,万籁寂静,
没有一丝风吹草动。

反转

上面的风都是威风,
落英、闲云、流水猝不及防。
季节不按常规出牌,春去冬来反转,
自上而下或者自下而上,终归要面对面。
可以肯定的是,下面的风,
从来没有甘拜过下风。

蒸发

水的蒸发，对于水草的族类、鱼的族类，
都是致命的。相依为命的美好，
一拍两散。

人的人间蒸发，有意或者无意都是死结，
热烈蒸发为寡淡，
故事蒸发为事故。

秋老虎

秋老虎不是老虎,零星的雨,
只是在夜里偷袭过几次,
阳光就软了。
猫在镜前、在脚下充虎,
发出不属于自己的低沉的鼻息,
好有喜感。

至今没见过秋老虎的样子,
纸老虎经常见。

意外

很多意外猝不及防,
生活里好端端的瓶瓶罐罐,
七零八落。一片破碎的玻璃,
在滴血,我检查了全身没有出血点,
这使我更加惶恐不安。屋子里,
除了我可以流血,植物、花草都安然无恙,
我知道伤在哪里了,不能说。

午睡

睡还是不睡,很多人,
纠结成问题。我的午睡很隆重,
睡得四壁无垠,肆意而饱满。
白日梦从未不曾有过,窗外的知了
集体失声,有一只忍不住咳了一句,
从树上掉了下来。

暴力

施暴的伤口不流血，
言语之间一问一答，沟壑深不见底。
出门、进屋，吃饭、睡觉，身体例行公事，
顺理成标准的节奏，没有起承转合。
嘴唇与嘴唇押的韵早已冻僵，
词痕如刀痕，划向陌路。

暗夜

把自己的梦清零,
别人的梦里找不到一张白纸。
一只鸟儿在窗外咳嗽,黑夜褪尽,
天边布满了血丝。

就此别过

天空忽明忽暗,
日子一天比一天潦草。
走过的路平铺直叙,
划不出章节和段落。
月亮收割的闲言碎语,
堂而皇之批发零售,
遍地萤火流浪。
猫在夜幕里蹲守的微光,
保持最后的尊严。
天亮之前清点半生余额,
三五个人模狗样,
就此别过。

隔夜茶

隔夜的茶很委屈，
茶叶横七竖八不能自证清明。
茶针分不清白天和黑夜，
不知与水的交欢还有时辰的嫌弃。
隔夜隔得了众目睽睽，
隔不了质疑与纠结。
蒙受不白之冤的夜，
找不到一尺缝隙申诉。
玻璃杯在夜的末端保持缄默，
我的时间自己拿捏，
日茶夜茶只要汤色正好，
皆与我亲密无间。

书房里

书房里的那盆绿萝,
与我散落的文字纠缠,芳华不在。

不知道这中间有多大的冲突,
伤害如此严重。

认真翻检我的文字,
发现重金属含量越来越重。

而那些文字,与天气预报,
格格不入,语义正在正本清源。

绿萝的绿渐渐发黄,
它是不好意思面无愧色的绿了。

满怀歉意去花市选了盆仙人掌,
替代了绿萝的位置。

我喜欢这个不妖娆的仙人,
在书房举一只手掌,像忠实侍卫。

文字里的花花草草逃之夭夭,
只留下风雨和雷电。

书院西街

书院西街如是庵,
十字路标准,东西南北貌似贯通,
路牌被风吹,指向不明。
在此,圈养我丛林里的文字,
如虎,如豹,一敞放就万里拉风。
窗外太古里珠光宝气,
与我不搭,我对脂粉过度敏感,
鄙视一切过度的抒情。
在十字路口,我的文字,
如是,注定和我一样桀骜不驯,
积攒了一生的气血,
掷地有声。

安居

南河苑发生过故事，
有人走有人来，走的那人的钥匙，
交给来人，没有照面。

来的人封存了所有的以往，
故事就结束了。

院子里树木疯长，树与树之间，
咫尺的遥远检测心心相映。

很多私密的卿卿我我，很多
公开的谈笑风生，在故事之外。

收藏好奇心，比如左邻右舍，
打扫自家的鸡毛蒜皮，相安无事。

过道上一个点头，一个微笑，
星星和星星彼此叫不出名字。

满庭芳
——致一个远去的背影

眼泪最好不要被人看见,
风过,雨过,何必就有彩虹。
如果真的还有抑制不住的时候,
哭吧,哭得淋漓。不要别人为你擦眼泪,
那不是你的手,可能碰痛你的眼睛。
背过身,或者找个清净的地方,
饮下流言蜚语的子弹,一树梨花
英勇就义,满庭芳华。

忌惮用刀

忌惮用刀。担心伤人,或者
用力过猛伤了自己。

追捧过金庸,棍棒拳脚略知一二,
但是缺乏演练。

刀是我的短板,手起刀落,
游刃有余,仅限于厨房的演练。

洋葱都不能对付,左右躲闪,
手逃过一劫,落地的刀

卷了刃。成败都不是刀的本意,
我的手只适合揣进裤兜。

刀不握在手上就是摆设,
对刀的调教,手比刀本身锋利。

飞翔

在飞翔中和另一种飞翔,
对接含混的轨迹。
所有的语义失去重心,
剩下似是而非的感觉。
从天上往下看,江上灯火闪烁,
上游下游形成主动被动之势,
由海来裁决。

海上生明月了,
高高在上,见证了我们的飞翔。
单纯、透明的自由飞翔,
让所有炫耀的星星自愧不如。
迷离的夜把动作夸张、放大,
一个字贴在夜的屏幕上,
一扇门匆匆关闭。

飞翔偏移,找不到对接的天空,
受伤的翅膀只有自己包扎,
分行诗歌是最好的绷带,
一行连接一行。翅膀重新张开,

还是原来的方向。

醒来的时候，那些委屈的酒瓶，
已经挂在病床的点滴架上。
而此刻有一首诗，
温暖在静脉的鲜红里，
海洋孤独的燃烧。

起风了，
来不及躲闪、隐退，
保持最好的状态和最好的姿势，
一意孤行的飞，漫无目的飞，
其实就是走远了。

一指残,一种指向

没有征兆,没有外来力量,
细微的声响,比松动自己骨节更细微,
小拇指最后一个关节与我无关了。
手指还在,折了的骨节以九十度的弯曲,
比九十度更崇高的低调,
区别于其他可以伸直的手指。

嘉峪关的早晨,大漠戈壁,
风呼呼地嘶鸣在窗外。
我很安静地注视着变形的手指,
想知道它的前因和后果,
我不承认这是自己给自己的意外,
希望找到一个理由,
说服自己。

不知道疼痛了。十指连心,
在我这里失去了意义。比大漠更冷、更漠,
比茫茫戈壁更无表情更无动于衷。
我担心这样会影响我对事物的判断,
没有前因的后果是恐怖的,

这与没有疼痛的创伤一样,放射疼痛,
向大漠以外、向无限蔓延。

小指头关节莫名其妙地折了,
我完美的身体上留下一指残,
留下疑问和遗憾。
我知道自己不再顾影自怜,
伤痛和冷暖,甚至生死,该来的都要来,
没有人可以置之度外。

行程还在延伸,
没有人察觉我的变化。
在车轮和铁轨的撕咬声里,
在窗玻璃张贴的那轮满月的温润里,
用一个整夜消减我断指的纠结。
比痛更痛的是从来没有经历过痛,
比伤更伤的是从来没有受过伤。

我在我的断指上找到幸运的解码,
看见天际的边缘,
一枚鹅黄的朝阳弹跳而出。
子弹在飞,从变形的手指一眼望去,
到处都是陈年的弹孔。
关于大漠与戈壁,关于前因与后果,
从残到禅,完成了一次引渡。

蜀道辞

题记：蜀道始凿于春秋战国前，南起成都，过德阳、梓潼，越大小剑山，经广元而出，穿秦岭，直通八百里秦川。

古蜀道

尔来四万八千岁，
峡谷与峻岭悬挂的日月星辰，
以川陕方言解读险象，
三千年典籍。线装的蜀道巨著，
章节回旋、跌宕，
在秦岭、巴山、岷山褶皱里，
雨雪滋润山清水秀，
雷电席卷金戈铁马。
深涧、峰峦、关隘、栈道，
断壁上凿石的回声，
勾连长安与成都的打望。
秦王蜀王各自怀揣的心思，
比古罗马大道石头与石头的衔接，
更久远，更抒情。
诗仙李白留在蜀道上的噫吁嚱，
一声喟叹惊为天籁。

褒斜道

甲骨文歪歪扭扭"伐蜀"的笔画,
调集周文王的冷兵器,
顺褒水斜水布阵。
水深流急,两河谷口形成的谷道,
省略危崖峭壁的攀爬,
纵穿秦岭。危乎高哉的秦岭,
留给了飞禽走兽。

秦岭之外与蜀往来的蜿蜒,
互通有无有名无实,虎视眈眈,
或者来自蜀以远的觊觎,
褒斜道缝合与撕裂,历历在目。
谷道狭窄局限了欲望,
秦昭襄王下令凿筑绝壁栈道,
"通于蜀汉,使天下皆畏秦",
马蹄与人头攒动、聚散,
在水之上。

蜀后主孟昶从花间词出来,
呛了口刀光划过的风,密差蜀将
栈道上玩一把火,火光里的刀枪剑戟,
与栈道烧毁的遗骸互为祭奠。
历史的演进很多逗号、省略号,

没有句号，没有一次阻挡，
偃旗息鼓。又起兵戈，
俯卧的意志孜孜不倦"凿路而行"，
蜀的诸葛、魏的李苞，
把名字留在了栈道上。

褒斜道宛若悬空的天桥，
连绵烽火云烟。

米仓道

向东，
米仓道由梁州光临的大巴山，
竹修暗烟、云连秦栈，"天开灵奇"，
风景这边独好。

秦惠王灭巴的硝烟惊飞鹧鸪，
把"巴岭路"的名字一笔勾销，
改成大行道，大行其道。

旺苍纪家河桥头石碑年事已高，
"上通秦陇，下达蜀川"的碑刻，
抬举了米仓道身份。

一路过米仓山围猎南江温婉，
又巴中沿巴河、渠江南下重庆，
另一路经蓬安、合川，终结嘉陵江。

军帐、马蹄、辎重、炮火，
与民生油盐酱醋和商贾算计的大戏，
从来没有落幕。

刘邦得汉城的军帐，月下萧何的马蹄，
曹操与张飞掀翻的汉水，岳飞回眸的巴河，
安抚制置使余玠抗元，淡入淡出。

官道、兵道、商道、米仓道，
最古老的国道，一条蠕动的大动脉，
蓬勃至今。

五丁与金牛

扬雄《蜀王本纪》五丁与石牛，
从坊间闲言杂语进入正史。
石牛粪金只是诱惑，
美女也是。

蜀的雄关有了五丁开山的影子，

战国春秋的天空假装云淡风轻。

秦灭蜀,从金牛道长驱直入,
蜀王梦里也没见过金牛和美女。

地理上的战事云烟激荡,
五丁蜀人与金牛秦人共襄的盛举,
贯穿秦岭,可以有任何演绎。

马帮的马蹄声遗落嘉陵江,
满江碎金,被商贾糅进川剧与秦腔,
悬崖上一嗓子喊过天外。

其实秦蜀最早的交往先于金牛,
三皇乘祇出谷口前呼后拥,
秦相范雎,指认过先人明修的栈道。

剑门关

风卷八百里秦川,汉中告退,
广元告退,雄关漫道的七十二峰,
利剑直插云霄。寒光里"姜"字旗猎猎,
蜀汉名将姜维的佩剑在石壁,
长成大小剑山。

剑山左右峰峦对峙如门，
凌空的剑门高高在上，人如蝼蚁，
折翅的鸟最后的坠落悄无声息。
半腰环绕的云被风带走，
青史留名当关的人。

骑驴的陆游心境大相径庭，
衣衫上的酒痕随意涂鸦。
剑门细雨柔软了陈年的剑戟刀枪，
眼里的山俊俏，水缠绵，
消魂全此。

长安与成都车马络绎，
剑门关厕身天险的古城错落有致，
渐渐丰满，民俗民风日落日出。
蜀道联通南北，白云淡写的烽火，
在昭化深入浅出。

说书人说的张飞挑灯夜战马超，
文庙、考棚、龙门书院、鲍三娘传奇，
才子佳人、贩夫走卒，以及
古城被水包围的卓越风姿，
改写了剑门风情。

明月峡栈道

嘉陵江水位爬不上明月峡,
东岸峭壁上一条天路,
与古长城、古运河齐名的古建筑,
现存的活化石。

陡峭,"黄鹤之飞尚不得过",
绝壁,"猿猱欲度愁攀援"。

岩壁没有立锥之地,凿洞的人,
没有三头六臂,没有翅膀,
鬼魅敲打的神话,一版再版。

洞孔上中下清晰可见,
洞口三十厘米见方,径深五十厘米,
先秦吹过的风,精心测量。

上层搭棚,遮蔽日晒雨淋,
中层榫卯、木桩木板规矩往来行走,
下层挑梁支撑以防闪失。

缄默的军机和贩夫的讨价还价,
都是栈道上悬浮的秘密,
几千年也没人走漏风声。

萧何栈道上守望的月亮，
诸葛亮六出祁山北伐，
唐明皇幸蜀的马嘶，事情太大了，
栈道下流水喋喋不休。

翠云廊

蜀道上剑阁的梓潼翠云，
超凡脱俗，与远去的狼烟绝缘，
连绵战火始终没有走近这里的荫凉。

"三百长程十万树。翠云廊，苍烟护"，
葳蕤奇观，苍翠两千三百年。
古柏、石楠、紫薇、银杏，
出生名门柴门，身姿身段卓越。

见树并不如面，植树的人隐姓埋名，
"皇柏"也是形似猛张飞，
命名的守护神。古柏没有复杂的表情，
古道一直深睡眠。

翠云廊就是一片天。世界之最，
古代战火中保存的古柏群，

家族史、罹难史、所有身世与户籍,
档案齐全。

大树参天天在看,人不分阶级,
"官民相禁剪伐"得以苍茫。
官不分大小,为官一任,
"交树交印",移交一方清幽。

翠云走廊走出的沧桑,前有古人,
后有来者。古树数十万,
子嗣延绵欣欣向荣,枝丫上的翠云,
激荡成旗,比战旗更威武。

皇泽寺

剑阁皇泽寺姓武名曌,
则天门、则天殿香火经年鼎盛。
寺倚百丈悬崖,流水绕膝,
女皇少女时代浪漫的天真,
还在故乡坊间茶余饭后。

一尊砂岩真容雕像气势如虹,
俯视江山与芸芸众生。

武则天与媚娘不搭,所以媚娘,
即使唐太宗宠赐也没有响亮。
才人、昭仪、皇后,以及
登基帝王金殿,忍辱负重过,
山呼海啸过。远离京都的嘉陵江,
乌龙山东麓有皇恩泽及故里,
细雨绵绵。

人和历史都是一本大书,
而记得的只是细枝末节。
少女媚娘入宫,还没有显山显水,
低头碎步。一次有机会伺侧皇上遛马,
面对无比烈性的狮子骢,
和至高无上的皇上说,
我能驯服。

惊讶,惊吓,连风都骤停了。
媚娘说给我三件东西:一条铁鞭,
一根铁棍,一把匕首足矣。
倘若不服,铁鞭抽打,还不服,
铁棍敲击它脑袋,再不服,
匕首割断它的喉管。
满场哑然。

天上流走的云惊艳了身段,

云空飞过的鸟深邃了擦痕。

蜀道名胜数不胜数,皇泽寺,
上风上水,不能一笔带过。
后蜀王孟昶的《广政碑》已经残缺,
丢失的文字捉迷藏去了。
而碑铭凡有"天后"或"后"字,
抬头顶格,成为历代碑铭,
最独特的标本。

七曲山大庙

梓潼在蜀道上的光芒,
与日月同辉。举望七曲山,
"北有孔子,南有文昌"标高的海拔,
名冠天下。

文昌帝张亚子,《辞海》记录在案,
唐宋封英显王,又元仁宗加封,
辅元开化文昌司禄宏仁帝,
相当于正国级。

晋以降,唐宋元明清历代膜拜,
依山就势而缮、而扩容,巧夺天工,

大庙北方宫殿与南方园林融汇,
殿堂楼阁紫烟冉冉升起。

趋之若鹜。民俗比宗教更有感召,
文昌帝也是帝,掌管天下读书人,
想读书的人,读书的人,
民间奉祀益盛。

长安西去蜀道梓潼的文昌,
"士大夫过之,得风雨,必至宰相,
进士过之,得风雨则必殿魁,
自古传无一失者。"

说说无伤大雅。七曲山大庙,
乔木垂荫,采天地之气,深得庇护。
寺庙最早名字叫灵应,甚至轻风,
甚至细雨,只要闭目念想,

呼之即来。

李白故里

绣口一吐就是半个盛唐,
蜀道天宝山囤积风的奇谲与浪漫,

陇西院孩儿的啼哭,不敢高声,
恐惊天下人。

江油老宅有西域碎叶的影子,
那孩儿的哭声虽不高调,
听见不足为怪,至于呱呱落地的定位,
无需经纬度的纠结。

李白故里和李白父亲的故里,
都在诵读《蜀道难》,蜀道咽喉,
顺潼江经雁门,可绕剑门,可走剑阁,
青莲起舞,云影暗淡。

一把佩剑行走的江湖,
一个隐喻"挟此英雄风",
从少年到白头,宫廷逗留的诗酒,
远不及流浪的天涯。弱不禁风的书生,
以剑修身、以剑修辞。

"李白李太白李太太白李太太太白",
有人酒后在江油留下的上联,
无言以对。有人说粗痞、流俗,
有人说,真正的仙人大不拘。

李白面前,所有的文字不能拘谨,

故里、祠堂、磨针溪、洗墨池,
肆意难以抑制,西出剑门东下夔门,
绝句连绵不绝。

杜甫草堂

一个人,一卷诗歌纪行的蜀道,
浣花溪茅屋收拢一路风尘。
此时,"安史之乱"蹂躏的盛唐文化,
遍体鳞伤。失意,绝望,
蜀道上颠沛流离的诗人踏歌南下,
成就千秋"诗圣"。

杜甫入蜀,秦州向成都,
携妻小涉水爬山历时三月有余,
陡崖、坠石、深涧、猛兽的险阻,
记录的都是不堪和恐惧。
从《发秦州》到最后收官《成都府》,
才缓过气,"忽在天一方"。

左拾遗脱掉官服落脚草堂,
蜀道的历险和长安官宦圈子的郁闷,
在溪水里洗了又洗,日渐清爽。
茅屋周边植被温和,绝无草木皆兵,

主政成都的严武还有约没约,
自提酒菜过来一醉方休。

黄四娘花园的花开得真好,
千朵万朵压下的枝头,服服帖帖,
生怕惊扰了绽放。邻家的春,
肆无忌惮的张扬,一条小道一个篱笆,
恰到好处。花样的时光,
都想得寸进尺。

杜甫的草堂和草堂的杜甫,
"幽居近物情",人还是那个人,
忧国忧民的愤懑还没有结痂,
而堂上燕语和鸥鸟戏水相伴左右,
笔下闲适汹涌。诗风悄然改变,
成都含情脉脉。

荔枝道

蜀道的"一骑红尘妃子笑",
子午道让位于荔枝,从涪陵到达州,
穿越大巴山快乐了长安。

乌江边的荔枝与南国的荔枝,

应该有相同的血统，姓杨的贵妃，
只记得年少吃过的涪陵口味。

乐史在《太平寰宇记》里字斟句酌，
荔枝胜过珠宝，连叶密封于竹筒，
快马响铃，比辎重还重。

荔枝道每二十里设驿站，换人，
又六十里换马，紫鞭催急蹄，
一路风声，一路鼓角。

燕尔河涨水，饮马坎跌落马嘶，
白马变紫，紫马变白，一个后蹬凌空，
石壁上留下绝世的蹄印。

有神助。惊心动魄的民间演义，
一千里路荔枝迟到的后果，
不能轻描淡写。

张衡看见的商旅连樯，万辕接轸，
也是古荔枝道繁华的景象，
与荔枝不能相提并论。

夔门

蜀道上有剑门锁关,下有夔门
扼喉,所谓天险世代文人墨客走笔,
山已不是山,水已不是水。

夔门西起白帝城,东至巫山大溪,
两山夹一水,长江在这里挤压变形,
最逼窄江面最复杂的表情。

在水之上,赤甲山的红白盐山的白,
各自梳妆打扮,天上的乱云,
比水的骇浪稍逊风骚。

滟滪堆没有波光聚集的滟滪,
从水里浮出的礁石如象,折楫覆舟,
十里雷鸣之声不绝于耳。

瞿塘峡断崖从来没有俯首的样子,
拍岸的惊涛,压哑了古炮台,
时断时续的咳嗽。

夔门之上的巴与夔门之下的楚,
巴蔓子割城的承诺,而不能,自刎,
以头颅谢罪,长江呜咽了千年。

楚王唏嘘："如此忠臣，又何需城池"，
楚国遂以上卿之礼葬其头颅，
巴国厚葬将军无头之身。

夔门和所有关隘在蜀道的演变，
苏东坡感叹："物固有以安而生变，
亦有以用而求安"，一语成谶。

旁 白

蜀道之道深不可测，
所有印迹顽固而执拗，在体内埋伏，
在肋骨与肋骨之间开出花朵。

蜀道南北东西向远，山河无不牵连，
甲胄卸了，蓝天和白云奢侈，
快马拉的风正在高速。

时间越来越紧迫。险阻和关隘，
已经不是以前的模样，每一次突围，
豁然开朗。

以前受过的伤，流过的血与泪，

自己收拾,一马平川上的马,
没失过蹄的马,未必是一匹好马。

路标只有危峦与深涧,
没走过蜀道的轻曼,扛不起一滴雨,
一只小鸟的哀鸣。

蜀道上大步流星是一种,
磕磕绊绊也是一种,都是千秋梦想
对古道的忠诚。

成都与长安的月亮收割的诗意,
在大地铺开的宣纸上,潮起潮落,
天上没有一颗星星走散。

自言自语或者几个备注

梁平

20世纪80年代开始写诗,其间二十多年做编辑,《红岩》三年,《星星》十五年,又《青年作家》《草堂》八年,至今。半个世纪过往的脸谱和结缘的文字不计其数,虽有心得,却不敢自以为是。这么多年身不由己,做事挤压作文的时间太多。年龄越大越是感觉到该写的欠账还是该一笔笔清算,给自己一个交代。

"躲进小楼成一统,管它春夏与秋冬",做不到。但是可以深居简出,去过的地方不去了,人多的地方不去了,谢绝了很多场合。尤其害怕人堆里随时冒出来几个自诩的大神,海阔天空,还总是在诗歌分行的时候,头颅昂扬,目光向远。仔细一看,满身披挂的珠光宝气,用以唬人的竟是低级、廉价、仿冒的文字吊牌。遇到这样的情形,上前甄别不是,不甄别也不是,与其为伍实在是无地自容。于是,躲得远远的,以前已经认识的可以疏远,还没有认识的,就不必认识了。

这样就腾出很多时间自言自语。自言自语是我写作和阅读保持的状态,一以贯之。"以自己之眼观物,以自己之舌言情。"王国维说纳兰性德的这两句话,深得我意,并且伴其左右。久而久之,我的自言自语,给自己的写作画出一道清晰的线条——我,我的家;我与身边的人和物事,我的家与人世间我们的家指认的胎记与血脉。这个线条渐渐丰满,渐渐长成有血肉、有呼吸的根,根须无边界延伸至我蹚过的时间之河,以及还未抵达的未来之境。有根的自言自语有生命，有水土的滋养，可以开出有籍贯、有名有姓的花朵。而这些花朵，不在大富大贵的花名册上，大多散落在篱笆之外的野地，野生的明媚，野生的性情，野生的趣味，只需一场细雨，一米阳光就够了。

《一蓑烟雨》披挂的烟雨都在"小楼"之外，却是从四面八方汇聚来"小楼"，包括了日常的鸡毛蒜皮，生活的酸甜苦辣，远山、远水的亲近，虚情、假意的疏离，生命基因的确认、自我人格与精神的辨识与塑形。府南河边南河苑的我，自觉不自觉地与他人，与自然，与这个世界的关系达成和解。看天天蓝，看云云白。一直喜欢、推崇苏东坡，喜欢他的大格局、大胸怀，历尽千般苦难，"也无风雨也无晴"的从容与乐观，最后依然对坎坷人生的际遇作出温暖的回应："天下无一不好人"。

关于根的备注。我所说的写作的根，与韩少功先生当年提出的文学寻根不是一个概念。少功说的是文学概念上民族文化传统、民族文化心理的根的挖掘。我这里指的是，作为个体的写作者生理和心理层面上，影响你生命轨迹、完成你生命塑型的根。不管是轰轰烈烈还是平平淡淡，这个根每个人都有，但并不是每个人都会有意识去梳理。比如蜀地不仅仅是我半生或者大半生生命的栖息地，更是我大到对人类和世界的认知、我的所思所想成型的原乡，也是我肉身的七情六欲和嬉笑怒骂的集散地。我一直在梳理这个根。长诗《重庆书》系列、批量的《成都词典》以及《时间笔记》和《忽冷忽热》，包括最近的《水经新注·嘉陵江》和《蜀道辞》，都是这个根上结的果。新世纪以来，越来越清晰、越来越固执地在为这个根而写作。这个过程很多时候是寂寞的、迷茫的，甚至是很长时间看不到光亮的，因为它不是我们司空见惯的表象，必须扒开这个表象进入内核，还必须超然于这个表象，才会发现与你生命息息相关的那些触手可及的草木虫鸟，以及一个个活生生的人，这些人的生态关系、生存状态、生活质量，以及人格和精神的轨迹。因为这个根的梳理，我所希望看的是，我的写作能够结结实实，拒绝那些天马行空的书写。这其实是多么艰难的选择和挑战。人与人、人与自然、人与社会与生俱来有一种隔阂、甚至是敌意。这个有根的写作，让我有了明确的写作路径，那就是努力消减这样的隔阂和敌意，与人、与自然、与社会的不平衡达成最大尺度的和解。

关于我的备注。诗歌中"我"的出现不知从什么时候开始，已经有点不受人待见。如果自己的写作总是去考虑受不受人待见，这是很荒唐的事。古今中外无论大小的"我"，举不胜举。中国诗歌传统从《诗经》以来如数家珍的"我"比比皆是。屈原厄运之后汨罗的净身，李白入世失败之后寄情于山水，杜甫的退隐，苏东坡的官隐，陶渊明的归隐等等，"我"在其中活灵活现。米沃什当过记者、教师、外交官、流亡者，甚至被限制过母语写作。米沃什诗里大量出现的"我""我们"，就是他的骄傲，他的"我"能够成为他所有经历、所有认知的证据。海明威的间谍生涯，记者生涯，以及他经历的两次坠机事故生还，四次婚姻，最后饮弹自尽，他伟大的作品和他不能复制的"我"，成就了他成为世界文学的仰望。我甚至认为，尤其是诗歌更需要"我"以自己的面目出现，包括自己的语言、自己的形状以及出场的仪式感。"我"是我找到的进入这个世界至关重要的切口。这个切口上的"我"，是我又不是我，更像是佩索阿说过的"我想成为的那个人，和别人把我塑造成的那个人的缝隙"。所以，"我"是我所有经历的人和事，我的身体、我的思想，我所感知的人类、自然、社会以及形而上、形而下的所有档案，我就是档案。

关于叙事的备注。叙事在诗歌中的介入，使意象的空间密度变得稀疏和淡化，以场景和日常的琐碎制造情绪的感染，从而获得一种对现实发言的能力。我相信写作的原创性更多来自于叙事，冷静、客观地观察和处理外部世界，以及复杂的个人经验，抒情已经无能为力。叙事语言几乎没有任何遮蔽和装饰，从某种意义上讲是难度最大的一种写作方式。我是城市的书写者，现代文明催生城市化进程，城市已经成为人的情感和欲望的集散地。对城市的精神代码、文化符号以及城市人与城市各种关系里的消极与积极、抵抗与融入、逆反与享受的辨识与思考，强迫我们对城市的书写从依靠想象转向更为真实的叙事。诗歌的叙事古已有之，但朦胧诗以后是一次很重要的革命。叙事性诗歌拒绝过度的修辞手段和滥觞的抒情方法，通过眼见为实的事件瞬间、细节的高度提炼，有情节、有起伏，甚至有戏剧效果地展现诗人的感受。诗歌的叙事性增强了人们对诗歌语言的信赖，"不仅有效地确立了一个时代动荡而复杂的现实感，拓展了中国诗歌的经验广度和层面，而且还深刻地折射出一代人的精神史"，我极赞同家新这个说法。叙事性诗歌强调情感与叙述的零度状态，以不动声色的旁观、超然应对那些过于精致和浮华的语言化妆术，在"原生状态"中说人话，说大家能听懂的话，在幽微、琐碎的生活日常里打捞与人亲近的人间烟火。需要强调的是，保持叙事的克制和保持诗歌的肌理具有相同的重要性。

关于历史的备注。诗歌的厚重与轻浅一直是问题。历史想象力和历史承载力，对于诗歌的厚重值至关重要。而当代诗歌的轻浮，甚至轻佻已成诟病，不能视而不见，应该高度警醒了。陈超先生曾经很尖锐地指出，当代诗坛的重大缺失是历史想象力和历史承载力日渐薄弱。古代诗人的诗词用"典"，"典"就是历史的承载和想象，短短的四言八句就有了辽阔和深邃，就有了厚重。现代诗歌与历史发生关系，一个事实摆在那里，总是很难找到关联历史、进入历史的路径，要么关联不搭，要么进入了出不来，诗歌一行接一行地在历史的幽深里捉迷藏。诗歌如何保持它揭示历史生存的分量，如何置身世俗的"生活流"，又不至于琐碎、低伏地"流"下去，如何在对个人经验的关注和表现中，实现诗歌话语与历史文脉的融汇，让诗歌不再飘忽如云，这是当代诗歌必须重视和要解决的问题。《蜀道辞》几百行几乎用了我整整一年时间。古蜀道，一条比意大利古罗马大道更久远的世界交通遗址，政治、军事、经济、文化无所不及，从实地考察到案头资料消化，节点的取舍，构架的设计，人物的勾勒，语言的调试，应该是完成了自己的又一次重要的实验。其中最为耗费精力的是，如何深入，如何浅出，为了浅出，头上又添了几丛白发。

关于现实的备注。诗歌书写现实，与人类进步和社会发展的关联从来没有间歇和断裂。从最初的源头《诗经》以来，楚辞汉赋，魏晋南北朝诗歌，唐诗宋词以及元明清文学，这样的一种关联水乳交融，新诗百年更是凸显为主脉成为中国诗歌优秀的传统。伟大的现实主义精神，是中国文学的宝典，也是中国诗人血脉里奔涌不息、强大的基因。"新时代"不是抽象概念，而是有丰富内涵的最伟大的现实。新时代必然有新的时代特征、时代风貌和时代精神。我们对新时代的现实书写责无旁贷。这样的现实书写，有一个最重要的标尺就是，要观察、思考、解读、把握新时代不同于其他时代的特质、新质和异质。面对这样的现实，一方面不少诗人由于过分迷恋自己的惯性写作，或者对身边翻天覆地的变化置若罔闻，或者深陷于自己搭建的语言迷宫而不能自拔，已经缺失了辽阔的胸襟和视野，很多人在现实面前已经束手无策，丧失了进入现实的能力。另一方面，有的一提到现实书写，就生硬地罗列标签，虚假的感叹号，空洞无物的伪抒情，这是对伟大的新时代现实的极不严肃。王国维说过，"凡一代有一代之文学：楚之骚，汉之赋，六代之骈语，唐之诗，宋之词，元之曲，皆所谓一代之文学。"我们现在现实书写新时代，要以我们对民族、对人民的真情实感，真真切切地触摸这块土地的呼吸和人民的心跳，让我们的写作与我们的时代发生关系，留下擦痕，为我们的时代打上经得起拷问和检验的诚信的烙印。

2023年11月3日于成都没名堂